星瞬くとき

黒木綾奈
Kuroki Ayana

文芸社

目次

この本をいつも笑顔で支えてくれる家族と、訪問診療の際に出会い、沢山の愛で私を力づけてくれた入所者の方々に捧げます。

星瞬くとき

第一章　恋に落ちて

恋に落ちるという表現を一番初めに考えた人は、きっと言葉の感性の研ぎ澄まされた人だったんだろう。確かに、恋は落ちるものであって、するものではない。

それまで何人かの人と付き合ったこともあったし、友達にとびきりのイケメンを紹介されたこともあったのに、いつも仕事を優先させては破局するということを繰り返してきた。私にとっては仕事が一番大事。恋人との甘い会話より、患者さんに精いっぱい寄り添って心が通じたときに見せてもらえる笑顔の方が何倍も魅力的だった。ずっと、そんな自分でいるんだと思い込んでいた。

それなのに、何故かあの日あっさり私は恋に落ちてしまった。人を好きになることが、面倒くさく、時には心臓をぎゅっとわしづかみにされるようなそんな苦しいことだと分かっていても、やっぱり彼を好きになってしまったんじゃないだろうか。

彼は二八歳の研修医一年目。看護師四年目の私より二歳年上だった。二年浪人して地方の国立大の医学部にすべりこみ、二年留年したと噂を聞いた。病院の広報には、自信のなさそうな笑顔の写真と共に田中涼真《たなかりょうま》、栃木県出身と書かれてあった。私の名前の佐竹真理《さたけまり》と一字かぶってる。それぐらいの印象しかなかった。

私の勤務する柊《ひいらぎ》病院は埼玉県の北部に位置する熊谷市にある古い病院だ。灰色にくすんだ四角い建物の周囲には沢山の桜の木が植えてあり、春には病室からちょっとしたお花見が出来る。柊病院の内科南病棟には三〇名前後の患者が常に入院していて、彼は四月からその病棟の配属になり、五~六名の患者を指導医の江口幸彦先生と受け持っていた。

最初は採血も失敗し、患者に怒られているところを見かけた。細長い体を二つ折りにして、必死で謝っている彼を見て、研修医ってやっぱり大変だなと思った。でも、あれなら私の方が採血は最初から上手だったと密かにほくそえんだりしていた。

でも、他の先生は朝八時頃来るのに彼は七時前には病棟にやってきた。朝陽の照らすナースルームで、ヨレヨレのシャツの襟と寝癖のついた茶色がかった髪の毛を気にすることなく担当患者の電子カルテに真剣に目を通していた。そして、一人一人時間をかけて回診。夕方も、必ず患者さんの部屋に行って話を聞いていた。

もう病状の回復は見込めない、がんの末期などの重症の患者さんの部屋はどうしても回診が辛くなる。でも彼は、そんな患者さんの部屋にこそ何度も通って、一番辛い症状がコントロール出来ているか聞いたり、患者さんの小さな訴えにも懸命に耳を傾けているようだった。

人なつっこい笑顔のせいもあって、病棟ではよく年配の患者さんに、

「一年目先生頑張れよ！」

と励まされていた。彼も、

「ハイ！　頑張ります」

と元気良く返事を返していて、見ていて微笑ましかった。

治療には勿論熱心だけれど、コミュニケーションも大事にしているのが伝わってきて、不器用だけど患者さんに好かれる良い医師になるだろうなと思っていた。

ある夜勤の日、ナースルームに残っていた彼は、缶コーヒーを私と一緒に夜勤をしていた美奈の分も買ってきてくれた。そのコーヒーをさも大事そうにそっと机の上に置いて、はにかんだ顔で、

「お疲れ様」

と言うと、彼はまた電子カルテに向かった。

時計を見ると、ちょうど二一時。疲れが出てくる頃だったので、一口飲んだ温かいコーヒーがすごく甘く感じられた。

そのとき、ナースコールが鳴った。二一一号の個室だ。一型糖尿病の松本亜由美さん三三歳が血糖コントロール目的で二日前から入院していた。彼が担当していて、まつげの長い大きな目が芯の強さを感じさせる人だった。

今日の申し送りでは、入院してからは血糖値が落ち着いてきたこと、インスリン注射もしっかり行えて特に問題はなしと聞いていたので、不思議に思いながら病室に向かった。

糖尿病には、主に小児期にウイルス感染などが原因で、血糖を下げるインスリンというホルモンを出す膵臓の細胞が破壊されて起こる一型糖尿病と、体質や生活習慣によって中高年に発症する二型糖尿病がある。糖尿病の患者さんの約九五パーセントは二型糖尿病だ。一型糖尿病は珍しい病気ということもあり、二型糖尿病と混同している人も多い。でも、一型糖尿病はインスリン注射の治療が不可欠で、本人の生活習慣とは全く関わりなく発症する。

松本さんは中学二年生で一型糖尿病を発症していた。カルテには、インスリンの自己注射をしながら部活も勉強も頑張っていたこと、会社員になり三〇歳で出産し育児も懸命にしていたが子供と一緒におやつを食べたりする中で最近は血糖コントロールが乱れがちであること、仕事と育児の負担が大きかったのか鬱傾向になり心配した夫が血糖コントロール目的に入院させて、心身共に休ませて欲しいと言ってきたことなどが記録されていた。

病室の戸を開けると、暗闇の中うつむいてナースコールを握る松本さんの細い肩が大きく揺れ、苦しそうに息をしているのが分かった。

急いで部屋の電気をつけ、

「松本さん、どうされましたか？」

と尋ねると、

「呼吸がうまく出来ないの。口も痺れてきて……」

と松本さんの震える声が返ってきた。

血圧126／70、脈拍88／分、酸素飽和度99％と問題はないが、明らかに過呼吸になっている。

不安が強かったり、緊張したりすると起こる過換気症候群を起こしていた。

「松本さん、呼吸をゆっくりしてみて下さい。吸う息の長さの二倍くらい時間をかけて息を吐くと良いですよ。ストレスからくる過換気による症状なので、呼吸を整えれば楽になりますよ」

と松本さんの背中をさすりながら声をかけた。

松本さんは、呼吸を数回繰り返したけれど目を閉じて苦しそうな表情のまま。額には、汗が浮かんでいた。やがて小さな声で、

「田中先生はまだ病棟にいるんでしょう？　田中先生呼んで来て」

と言った。研修医の彼が夜遅くまで病棟で勤務しているのは入院患者の間でもよく知られていた。仕方なくナースルームに戻り、仕事をしている彼に話しかけた。

「田中先生、遅い時間に申し訳ありません。二一一号室の松本さんが過呼吸による息苦しさと口の痺れを訴えています。呼吸以外のバイタルは問題ありません。ゆっくりとした呼吸を促したのですが主治医の診察を強く希望しています」

「分かりました」

彼はすぐに立ち上がって二一一号室に向かった。

「松本さん、大丈夫ですか？　念のため聴診させて下さいね」

素早く聴診すると、

「問題ないですよ。僕と一緒に呼吸してもらってもいいですか。息を吐く方に注意を向けて下さいね。吸って、吐いて……吸って、吐いて……」

とゆっくりした呼吸を促した。彼の顔を見て幾分ほっとした表情の松本さんもつられて一緒にゆっくりした呼吸を繰り返した。しばらくして楽になってきたのか、松本さんの声が落ち着いてきた。

「先生、ごめんなさい。夜になって、今後のこととか考えていたら呼吸が苦しくなってきた。今まで一生懸命頑張ってきたけど、私は子供に十分なことをしてあげられない。子供の世話に夢中になって低血糖を起こしたり、自分の食事まで手が回らなくなって血糖コントロールも悪くなっちゃった。糖尿病の合併症が出て、目が悪くなったり手足が痺れたりすれば、更に家族に迷惑をかけちゃうでしょう」

松本さんの目から涙があふれて、パジャマをぬらした。私がハンカチを渡すと、

「すみません」

と言ってハンカチで涙をぬぐった。

「今は、インスリン製剤がどんどん改良されてきて低血糖を起こしにくいものが出てきているし、投与法も頻回注射の他に持続皮下注なども行えます。ライフスタイルや患者さんの状態によって治療法を選ぶことが出来ます。これまで松本さんは約二〇年も糖尿病と上手に付き合ってきているでしょう。この入院を契機に血糖コントロールを改善出来れば合併症も防

いでゆくことが出来ると思います。仕事や育児の負担が大きければ家族の助けも時には借りるということもあって良いんじゃないかな。自分一人で抱え込まないで良いように、退院後の生活をどう組み立ててゆくか一緒に考えましょう」

彼の言葉を聞いても、松本さんは下を向いたままだった。松本さんの大きな瞳からこぼれる涙が次々と頬をつたう。

「夫は仕事が忙しいし、私の両親は遠くに住んでいるの。義理の両親は近くにいるけれど、今回の入院も伝えていないし心配かけてしまうと思う。インスリン注射はしていても、管理を完璧にして普通に出産して子育てしますって、結婚するときに言ってしまったの。これまで、糖尿病なのにいつも勉強頑張っててえらいねとか、仕事と育児両立させてすごいねとか、そういうことが同じ病気の人の励みになるとか言われてきた。でも、もう疲れちゃった。頑張れない気がする」

松本さんの小さな声に彼は懸命に耳を傾けていたけれど、

「今まで松本さんは全力で生きてきたんだから、少しはひと休みしてもいいんじゃないかな。僕なんて医学部入るのに二浪して、経済的に恵まれてない家だったのでバイトもしなきゃいけなかったこともあって医学部に入学してから二年も留年しているんです。一時期、もう何もかも嫌だなって思ったときもあったけど遠回りしたことで見えたことも沢山あった。全力で走るときも、休むときも人生には両方大事な時間だって思っています。ご主人は、今回の入院のとき、今後はなるべく仕事を早く切り上げて松本さんをサポートしたいと言っていました。何より、以前のように笑顔を絶やさない松本さんに戻って欲しいと願っていましたよ」

と優しく言った。

「一日に何度もインスリン注射をしているお母さんで申し訳なくて。子供の前で低血糖発作を起こして意識消失でもしてしまったら、きっと恐い思いをさせてしまうでしょう。私、健康で素敵なお母さんになりたかったな」

いつも、マイペースで弱音を吐かない松本さんがこんな不安を抱えていたかと思うと、胸がすごく痛かった。

「僕の祖父は、戦争で左腕をなくしているんです。器用に右手のみでいろいろとやっていたけれど、どうしても両手で作業しなければいけないときには僕が小さな頃から手伝っていて、すごく喜んでくれたんです。誰かの役に立つ嬉しさを教えてくれたのは祖父です。必要としてくれる人がいるって、子供心にも自信になったし。完璧でなくたって、良いお母さんは沢山いるんじゃないのかな。自分が愛されているということがしっかり伝わっていれば、子供はそれなりに環境を受け入れて育ってゆく力が備わっていると思うし」

うつむいていた松本さんがやっと笑顔を見せた。

「先生、有り難う。少し気持ちが楽になった。でも、また夜に息が苦しくなったらどうしよう？」

「これから、軽い安定剤処方するから今日も飲んで下さいね。明日からは、不安だなって思ったときにすぐお薬を飲めるようにしておきます」

松本さんは頷くと目を閉じたので、そっと部屋の扉を閉めてナースルームへ戻った。

「先生、有り難うございました」

「こちらこそ、松本さんの不安にもっと早く気づけば良かった。すみません。安定剤、すぐ処方します」

と彼は軽く会釈して、何事もなかったように仕事を続けた。

完璧でなくても良いお母さんになれるという彼の言葉は、すごく私の胸に響いた。私も良い看護師になろうと一生懸命完璧を目指していたから。でも、忙しい仕事の中で全てをこなしてゆけるはずもなくストレスを感じ始めていたときだった。人生には走っている時間も、休憩している時間も大事なんだという言葉には私も励まされ、力が湧いてくるような気がした。

その日から、出勤するといつも彼の姿を探すようになった。寝癖のひどい日も、無精髭がうっすら生えている日もあったのに、何故かドキドキして長身の彼の後ろ姿を見るだけでも嬉しくなった。

「大好きなオーランド・ブルームとは、全く似てないよな」

自宅で、ふと彼の顔を思い出しニヤニヤしながら不思議な気持ちだった。

医師との恋愛は暗黙のルールで禁止の病院だった。万一付き合って結婚することになれば仕事を辞めて家庭に入る看護師がほとんどだったし、別れたときはなんとなく職場にいづらくなり退職してゆくのが常だったから。なので、自分の気持ちを伝えることはなかったけれど、患者の病状を把握しやすいように彼に報告したり、薬の処方が抜けているときはさりげなく教えたりして、彼が少しでも仕事をしやすいように気を配った。患者さんに胸腔穿刺や中心静脈栄養の処置を彼が行う予定のあるときは、もう一度介助の仕方を教科書で確認。万全の態勢で処置にのぞんだ。でも、目も合わすことは出来なかったし、雑談すら病棟ではすることはなかった。

彼が病棟での勤務に慣れてきて二カ月ほどたった頃だった。仕事を終えて職員用の玄関から出ようとしたとき、

「佐竹さん、今帰るところ？」

と声をかけられた。振り向くと、黒いリュックを肩に掛け、グレーのシャツとジーンズの普段着に着替えた彼がニコニコと後ろに立っていた。

「はい。先生も、今帰るところですか？　お疲れ様でした」

「僕もこれから帰るんだけど、もし良かったら夕食一緒に食べに行かない？」

さらりと彼が言った言葉に心臓が止まりそうになった。

「わあ。いいですね。お腹ペコペコです」

なるべく自然に答えようと思ったのに、声は上ずって彼の目を見ることが出来なかった。真っ赤になった顔を見られたくなくて、下を向いている私を気にすることなく、

「じゃあ、決まり！」

と元気よく言うと、さっさと私の前を歩き出した。慌てて彼の背中を追いかけたけれど、心臓がドクンドクンと拍動しているのが分かった。

病院から少し離れた場所に小さな定食屋が新しく出来ているのを見つけた。玄関には素焼きの鉢があり、ピンク色のミニバラが可憐に咲いていた。青いのれんの掛かった扉を開けて入ると、かすかに木の香りがした。カウンターで料理の仕込みをしていた男の人が大きな声で、

「いらっしゃい。好きな席に座ってよ」

と言った。窓がピカピカに磨き上げられ掃除の行き届いた店内には、正方形の木のテーブルが六つありシミ一つない洗い立てのような黄色のテーブルクロスが掛けられていた。席に座ると優しい笑顔で彼は、

「何でも好きなもの、注文してね。普段お世話になっているからおごるよ」

と言った。そして照れたようにメニューを渡してくれた。さんざん迷って、私は鶏の唐揚げ定食を、彼は白身魚のフライ定食を頼んだ。

他にお客さんはいなくて、フライを揚げる音と小さな音量で流れるテレビのニュースの音しかしなかった。

彼は運ばれてきた冷たいお水を一気に飲むと、

「美味しい。生き返るー」

と言って、伸びをした。よっぽど肩が凝っていたのかポキポキと音がして、二人で目を合わせて笑ってしまった。やっと緊張がほぐれ、いつもの自分が戻ってきた気がした。

「松本亜由美さんは、元気に先生の外来に通っていますか？」

入院中に過換気症候群の発作を起こしたけれど、その後は発作を繰り返すことなく表情も徐々に穏やかになっていった。二週間ほどで退院し、優しそうなご主人と可愛らしい女の子と一緒に自宅に帰っていったけれど、どうしているだろうか。

「うん。元気だよ。血糖コントロールも、以前より良くなってきたし。亜由美さんの仕事の時間を少し短くして余裕が出来たのと、ご主人が積極的に育児に参加しているのが良いみたい。今も、過換気症候群の発作が起きたときに飲めるよう安定剤は三回分処方してあるけど、飲んでなくてお守り代わりになってる」

「良かった。ずっと気になっていたんです」

あの夜大粒の涙を流していた松本さんが、笑顔で彼の外来に通っているということが本当に嬉しかった。

料理が運ばれてきた。色良く揚げられた唐揚げに、みずみずしいキャベツが添えられていた。

唐揚げを一口食べると、よく味の染みたお肉は柔らかく衣はサクサクとした食感だった。

「すごく、美味しい。こんなに柔らかい鶏の唐揚げ、初めて食べました」

「良かった。この魚のフライも美味しいよ。タルタルソースと相性抜群。このお店にして良かったね。病院と下宿の往復のみで、まだ埼玉の美味しいお店とか探せてないんだ。佐竹さんのおすすめのお店ってある？」

不意に聞かれて困ってしまった。同期の美奈とはほとんどファミレスかハンバーガー店しか行かないし……。

「家族で誕生日や、お祝いのときは決まって焼き肉に行っています。小さい焼き肉店だけどサラダやご飯も美味しくて、値段も手頃だから気に入っています」

「焼き肉いいよね。焼き肉は一人で食べに行けないでしょ。だから、最近行ってないんだ。焼き肉好きなんだけど。もし良かったら、今度一緒に行かない？」

突然の言葉にびっくりしてしまい、あやうく唐揚げを喉に詰まらせそうになったけれど何とか頷くことが出来た。

「じゃあ、今度お休みが一緒の日に案内しますね」

我ながら声がひっくり返っていた。

その日はラインを交換した。

夜、自宅へ帰ってから今まであったことが夢のように思えた。

「夢じゃないよね」

初めて二人きりで会話して、ご飯食べて、しかも次に会う約束まで出来たなんて。ああ、こんなことになるんならバッチリメイクしてゆけばよかったな。次回こそ、頑張ろう。でも、焼き肉じゃオシャレ出来ないなあ。今日はせめて、顔のパックをしてお肌を綺麗にしよう。お酒は飲めないので、ジンジャーエールで乾杯！

アパートの窓から見える町の夜景の上には、満天の星が輝いていた。


二週間後、彼と休みが一緒だったので焼き肉店へ行った。ロースやカルビを次々焼いていると、

「お肉焼くの上手だね」

と褒めてくれた。

「いつもお父さんや妹の分も焼いているから慣れているの」

最初は彼も一生懸命お肉を焼こうとしていたけれど、焦がしたりお肉が網にくっついてち

ぎれてしまったりするので私がほとんどを焼いた。

彼はジーンズとよれた白いシャツといういでたちで、私もどうせ焼き肉では臭いがつくからとジーンズとモスグリーンのブラウスを着ていた。

靴は二人ともスニーカーで、もくもくとした煙の中、飾らない服装の二人が焼き肉を食べる姿は下手をすると倦怠期の恋人同士に見えてしまいそうという考えが一瞬よぎったけれど、彼がお肉を美味しそうに食べる姿にそんな考えはすぐに消え去ってしまった。

「僕ね、休日はずっと電子ピアノばかり弾いてるんだ。本当はもっと勉強しないといけないと分かっているんだけどね」

彼は牛タンにレモンを絞りながら言った。

「もともと実家は楽器屋だから、小さな頃からピアノやっていたの。仕事で行き詰まってもピアノ弾くとすっきりするんだ」

「私も、音楽好きです。楽器を弾くことは出来ないけど。気分転換したいときや、やる気を出したいときに聴いたりしています」

「佐竹さんはどんな曲を聴くの？」

「あいみょんとか Superfly」

「本当？　僕も好きだよ」

彼と同じ曲が好きだということが、ものすごく嬉しかった。

「スマホとかでいろんな曲を聴けて便利なのに、結局好きな曲ばっかり聴いちゃったりする」

私が言うと、

「うん。僕もお気に入りの曲をどうしても聴いてばかり。スマホで聴けるからCDとか必要ないのに、好きなアーティストのCDはやっぱり買う派。CDを持って初めてお気に入りの曲が自分の物になった気がするし、CDのジャケットとかも見るの好きなんだ」

「私は、最近はCD買ってないです」

「きっと、ほとんどの人がそうなんだと思うよ」

たわいもないことを、自然に会話出来るのが不思議だった。

「CD買うのに、おすすめのお店知ってる？」

「沢山CDが置いてある訳じゃないけど、店長のこだわりで珍しいCDや音楽関係の本も置いてあるお店があります。住宅街にひっそりある感じのお店」

その店は、私が高校生の頃から学校帰りに友達とよく立ち寄った店だった。たまたま友達の自宅近くにあったので知ることが出来たけれど、そんなことがなかったら多分気がつかなかったと思うような目立たない店だった。店にはいつも外国の曲が流れていて、店長の飲むコーヒーの香りがした。

学校でモヤモヤするようなことがあっても、その店に行くとなんだかすっきりした。何も買わずにしばらく商品を見ているだけでも、店長は全然嫌な顔をしなかったし、話しかけてもこなかった。本当は、誰にも教えたくないくらい大切なお店だったけれど、彼とは一緒に行ってみたいと思った。

「今度、時間があったらそのお店に案内しますね」

彼はにっこり笑って頷いてくれた。

病棟では、相変わらず彼と目を合わすこともなかったし、声をかけることもなかった。これまで幾人かの研修医と同じ病棟で仕事をしたけれど、どこかクールな感じで話しかけにくい人が多かった。でも、彼はいつも優しくて穏やかな雰囲気だった。すぐに後輩の看護師の清香や奈緒美がなついて、ふざけ合ったりしているのを見かけたけど、そんな風に自然に振る舞える後輩が羨ましかった。

病院の階段の踊り場で、彼と清香が仕事のことで二人で話しているのを見かけただけで、なんだか胸が苦しく感じるときがあった。ああ、これが嫉妬というものなんだろうか？　彼にとって、私はどんな存在なんだろう。たまたま食事を一緒にした同僚ということなんだろうか。私は、清香や奈緒美のように無邪気に振る舞えないし、おもしろいことも話せないから一緒にいてもつまらないいんじゃないかな。

そんな不安な気持ちを抱えていたときに、彼から今度の休みにCDを一緒に買いに行こうというラインがきた。せっかくの休日を過ごす相手が私でいいのかな？　きっと、音楽が好きだからお店に興味を持ったのかも。あんまり期待するのはよそう。失恋したとき立ち直れなくなるぞ。社会人になっていた私は、自分が傷つかないようにいつの間にかいろんなことを期待する自分にブレーキをかけるようになっていた。

市内の公園の駐車場で待ち合わせると、彼はもう来ていて小さく手をあげてくれた。公園にある池や紫陽花の美しく咲く花壇を散歩していると、爽やかな風が心地良く吹き抜けていった。

「いつもの病院の空気と全然違うね。外をこんな風にのんびり歩くの久しぶりな気がする」

そう言うと彼は、大きく深呼吸してとびきりの笑顔を見せてくれた。

その後、彼の車の助手席に乗せてもらってお店に向かった。白い小さな車だったけどＣＤだけは沢山持っていて、箱に日本のアーティストと外国のアーティストにきちんと分けて並べられていた。

「何の曲が聴きたい？」

と聞かれてMr.ChildrenのＣＤを選んだ。

曲を聴きながら車の窓の外の景色を眺めていると、通い慣れたはずの景色がまるで外国の映画のようにキラキラと輝いて見えた。

お気に入りの水色のワンピースに、髪は白のレースのリボンでまとめていて、ちょっとしたデートの気分だった。

お店に到着すると、

「ホント小さなお店だね。ちょっと大きめな一軒家みたい」

驚いて彼が言った。

赤いレンガの二階建ての店には出窓がついていて、そこには小さな猫のぬいぐるみが飾られてあった。そのぬいぐるみは、私が高校生の頃に通っていたときにもあったもので、懐かしさで胸がいっぱいになった。

「そう。私も、初めて来たときはこんな所にお店があってびっくりしました。でも、静かで好きなお店なんです」

店の中に入ると、店長の他には誰もいなくて相変わらずコーヒーの香りがただよってい た。彼が夢中でCDを一つ一つチェックをしている間、スチール製の本棚に沢山並んでいる音楽関係の本の一冊を手に取ってパラパラとめくってみたりしていた。

そうしていると、このお店によく立ち寄った高校時代を思い出した。数人のグループで仲良くラインしていたのに、ある日突然仲間はずれにされて、後でさんざんラインに悪口を書かれていたと知ってしょんぼりとCDを眺めていた日は、The Beatles の Hey Jude が流れていた。看護師になるために大学進学するか迷っていたときは Peter Paul and Mary の Blowing In The Wind が流れてたな。うちは専業農家で両親共に大学は出ていなかったし、経済的に負担もかけちゃうから、高校の先生に大学進学をすすめられていることをなかなか両親に言えなくて辛かったたな。

「CDに夢中になっちゃって、待たせてごめんね」

ふと気づくと、彼がニコニコしながら傍に立っていた。

「ううん。大丈夫。気に入ったのありました?」

「うん」

彼は買ったばかりの Carpenters の CLOSE TO YOU というＣＤを大事そうに見せてくれた。

「このＣＤ、ネットとかで探してもなかったんだ。まさかこの店で買えると思わなかった」

「良かったですね」

彼のはずんだ声に、私も思わず笑みがこぼれた。

二人で店を出た後、アイスクリーム屋に寄った。地元では有名な、ちょっと変わったアイスクリームが食べられるお店だ。店内には、木製のベンチもあり、窓の外の景色を見ながらアイスクリームを食べることが出来る。沖縄フェアをやっていて、私は紫芋のアイスクリーム、彼はちんすこうのアイスクリームを頼んだ。紫芋のアイスクリームは綺麗な薄紫色で、一口食べるとお芋の優しい甘さが口いっぱいに広がり、うっとりした。

「このちんすこうのアイスクリーム、塩がアクセントになっていて美味しいよ」

彼も、病棟では見たことのないような無邪気な笑顔でアイスクリームを食べていた。

レモン色のカーテンの向こうには青い空が広がり、その中に一筋の飛行機雲が見えた。

「これから家にこない？　良いお店を教えてくれたお礼にピアノで佐竹さんの好きな曲弾く

よ」

「本当？　仕事が忙しいのに迷惑じゃないですか？」

「ううん。このところ、仕事ばかりで頭パンパンになっていたから。今日も、一緒に過ごしてくれて、リフレッシュ出来ちゃった」

彼があんまり嬉しそうに言うので、思い切ってアパートに行かせてもらおうかなと思った。

行ってみると予想通り全然整理整頓されていない、本や楽器がそこらに放り投げてある雑然としたロマンチックとはかけ離れた部屋だった。

「何でも、弾けるんですか？」

「うん。弾けるよ。学生時代、毎日ピアノ弾いていたから。好きな曲教えて。メロディー知っていたら、弾けるんだ」

「では、Superfly の On Your Side リクエストします」

「On Your Side いいよね！」

彼は背筋を伸ばして電子ピアノの前に座ると、楽譜もないのに弾き始めた。なめらかに動く彼の指から奏でられる優しく切ないメロディー。いつも聴いていた曲のはずなのに彼のピアノはものすごく心に迫ってきた。

　曲を聴きながら、いろんなことを思った。仕事場で普段、何気なくしている友人との会話。自宅でのこと。長女だからと、自由に振る舞える妹の真紀をいつも羨ましく思いながら両親の期待に応えようと頑張ってしまう自分。看護師になったとき、両親が喜んでくれたことが一番嬉しかった。そして、看護師になって看護大学を出ているからと、周囲のプレッシャーを感じながら仕事をしていたこと。ミスは出来ないし、忙しくてずっと緊張していた。あんまり忙しくて、患者のコールにすぐ行けないと、怒鳴られることもあった。優しく励ましてくれる人もいたから続けられたけれど、すごく疲れていたかな。そんなことを考えていたら、涙が止まらなくなった。泣いてはいけないと思うのに、あとからあとから涙が出て仕方なかった。彼は困った顔をして、曲を弾き終わるとそっと遠慮がちに頭をなでてくれた。

「佐竹さんの患者さんへの朝の挨拶さ、すごくいいよ。元気な患者さんには朗らかに、体調が悪くて、不安を抱えている患者さんには穏やかに温かく『おはよう』って、言っているでしょ。僕さ、学生時代二回留年してるでしょ。そのとき、年下の同級生の中にめちゃくちゃ陽気に挨拶してくるヤツいた。励ましてくれているのかも知れなかったけど、そのときはお前みたいにヘラヘラ出来る立場じゃないんだって、心の中で叫んでた。だから、君の挨拶の良さ分かるよ。入院中なんてさ、どうしても明るい挨拶が辛いときあると思うから。相手に悪気はないと分かっていても、嫌だと思ってしまう自分が悲しくなるんだよなあ」

口下手な彼が、私の涙を見て一生懸命励ましてくれているのが分かった。私は、必死で涙を拭いて、笑ってみせた。

「有り難う！　そんなところ、褒めてもらったの初めてだよ」

それから二人でラブコメのビデオを見て、沢山笑った。

帰りは公園の駐車場まで送ってもらった。日は沈み、西の空には金星が輝いていた。車を降りるとき、今自分の気持ちを伝えなかったらきっと一生後悔すると思った。思い切って、

「田中先生、先生といると元気が出ます。先生が勉強で忙しいのは分かっています。でも、もし迷惑じゃなかったら私と付き合ってもらえますか？」

と言った。彼の顔を見るのが恐くて下を向いていると、震える手をそっと握って、彼は言った。

「こちらこそ、こんな僕で良かったらよろしくね」

おそるおそる顔をあげると、満開に咲いた花のような笑顔の彼が見えた。

第二章　楽しい日々、悲しい日々

それからは本当に毎日が楽しかった。

二人でいるときは彼のことを涼君と呼んで、彼は私をまあちゃんと呼んでいた。

「涼君、今日江口先生に褒められていたね」

と言うと、

「うんうん。良かったよ。詳しく新薬について調べていてさ。質問されるんじゃないかっていう気がしてたんだ」

そんな返事が返ってきた。自慢することもなく、不器用だから人一倍勉強しなきゃと言う彼は、本当に尊敬に値する人なんだと感じていた。

美奈は、看護学校からの同級生で、仕事もずっと一緒。看護師になって初めての夜勤のとき、思うような仕事が出来なくてしょんぼりと駐車場を歩いていたら美奈が声をかけてきたっけ。

涙が止まらずしゃくり上げながら報告する私の口にイチゴミルクの飴を放り込んで、

「気にしない！　真理は、努力家だから絶対素敵な看護師になれるって」

と肩をたたいて励ましてくれた。

そんな友達だったから、彼と付き合っていることを美奈だけには伝えようと決めていた。

美奈は最初びっくりしていたけど、大きな目を更に大きくさせて、

「田中先生は不器用だからきっと浮気しないね」

なんて笑っていた。

「私なんてさ、彼はフリーランスで収入が一定してないから一生仕事しなきゃ。真理はやっぱり、医者がいいんだ」

と、美奈の自慢の茶色の巻き毛を指でくるくるさせながら呟いた。

「違うよ。医者だから好きになったんじゃなくて、好きになったのがたまたま医者だったんだよ。田中先生が医者じゃなくても、きっと田中先生のこと好きになったよ」

「ハイハイ。ご馳走さま。また、いろいろ聞かせてね」

美奈にこの気持ちをうまく伝えられないことが歯がゆかった。

本格的な夏に入ると熱中症の患者さんが救急車で毎日のように運ばれてくるようになり、彼は病棟から救急外来に呼ばれることも多くなった。

そんな中、なかなか一緒の休みが取れなかったけれど、週末を利用して一泊二日の新潟旅行をすることが出来た。二人でする初めての旅行。前日はわくわくして、なかなか寝付くことが出来なかった。でも、朝起きて眠い目をこすりながら窓を開けると、真っ青な空が広がっていた。思わず歓声をあげそうになった。

新幹線を利用すると、熊谷から目的地の新潟県村上市まで約三時間で着く。村上市にある瀬波温泉の旅館は、海のすぐ傍にあった。歩いて砂浜に出ると、どこまでも広がっている海からの風が心地良く髪を揺らした。二人とも海なし県出身ということで、やたらテンションが上がり、しばらく波打ち際を裸足で駆け回って遊んだ。波が冷たく足を洗い、砂浜はさらさらとした感触だった。あまり人はいなくて、ザザッという波の音が大きく聞こえた。疲れると、二人でぼんやりと海を見ていた。空はピンク色に染まり、大きな夕日が海に沈んでいった。静かな、静かな時間だった。

「こんなに広い海を見ていると、自分の悩みなんてちっぽけなんだって感じるね。最近、病棟で失敗ばかりしちゃってさ。そんなときSNSとかで同級生が医者として力をつけているのを見たりすると、やっぱり留年している自分は医者になっても落ちこぼれるんじゃないかって、すごく恐くなる」

彼は、目を細めて海を見ていた。

「涼君は、涼君のペースでいいと思うよ。私なんて、看護師四年目だけど未だに後輩に教わることもあるし、失敗もあって、毎日毎日まだまだって思いながら仕事してる」

彼は頷いてにっこり笑った。

「そうだね。人と比べても仕方ないもんな。少しずつ、以前の自分よりは何か出来るようになっているし、頑張るよ。そうだ。ねえ、ちょっと目を閉じて」

ドキドキしながら目を閉じた。彼は隣でなにやらごそごそしていたけど、

「目を開けていいよ」

と声を掛けてくれた。ふと首元を見ると、天使の卵をモチーフにしたネックレスが掛かっていた。

「わあ、可愛い！　有り難う」

「まあちゃんが、大好きってこと。まあちゃんが傍にいてくれるから、頑張れているよ。薄

給だから、高いネックレスは買えなかったけど」

彼の頬にそっと有り難うのキスをすると、強い力で抱き寄せられて一瞬息が止まりそうになった。

「涼君、ちょっと痛いよ」

「ゴメン！」

慌てて腕の力を緩めて言う彼の言葉を聞いて、幸せで胸がいっぱいになった。ザザッザザッという波の音が、まるで二人のことを応援しているように聞こえた。

夕食は、まず、ご飯の美味しさに感動した。一粒一粒がとっても甘い。柔らかな村上牛や、海の幸も今まで食べたことのないほど美味しかった。出てくる料理の全てが丁寧に作られていて、一皿一皿に二人で歓声をあげた。

「毎日のように救急車の音を聞いていたから、今日は癒やされちゃった」

彼が、嬉しそうに言った。

「本当だね。すごくリフレッシュ出来た気がする」

疲れて見えていた彼の後ろ姿が、少し元気になった気がした。

朝出勤し、急いで病棟に向かっているときだった。廊下の角を曲がった瞬間、誰かがぶつかってきたような衝撃と共に、肩に鋭い痛みが走った。前を見ると清香が顔をしかめ、うずくまっている。

「斉藤さん、ごめんなさい。どこが痛い？　大丈夫？」

自分の痛みを思わず忘れ、声をかけたけれど清香は下を向いたまま動かない。

内科の江口先生が通りかかり、

「佐竹さん、後輩をいじめちゃ駄目だよ～」

と冗談を飛ばしていった。

「いじめてません。廊下でぶつかってしまって」

慌てて言い返すと、やっと清香は立ち上がり、

「すみません」

と言って、病棟へ走って行ってしまった。

夜、腕を見ると青くなり腫れ上がっていた。偶然ぶつかったんだよね。湿布を貼りながら、清香が目も合わせず走り去ったことが気がかりだった。

夜勤では緊急入院や急変の患者が相次ぎ、疲労もたまっていった。美奈ともゆっくり話す

時間がない日が続いた。

師長に呼び出されたのはそんなときだったので、すごく嫌な予感がした。重い扉を開けて師長室に入っていくと、腕を組んだ師長が難しい顔をしてこちらを見た。

「佐竹さん、スタッフからあなたにクレームがきています。あなたには将来みんなをひっぱっていってもらおうと思っているのだから、しっかりしてもらわないと困ります。これまで、あなたに対してこんなことはなかったのに。何かプライベートで変わったことがあった？」

探るような師長の目に、

「何も変わりありません」

と答えるのがやっとだった。

「どんなクレームですか？」

「夜勤のとき、担当患者をさばききれてなくて、サポートが大変だからもっと要領良くやって欲しいとか、自分の意見を主張せず、意見がはっきりしない。八方美人ってこと。あと、もう四年目なのにいつも自信がなさそうで不安になる。これは後輩からね」

頷きながら、嫌な悲しさで胸がいっぱいになってしまった。夜勤ではどんなに頑張っても担当患者の容態によっては一人で対応しきれないこともある。八方美人だとか、自信がなさそうという言葉も今までの自分が全て否定されてしまった気持ちになるのに十分な言葉だった。

トボトボと歩いていると美奈が声をかけてきた。

「真理、師長の話、悪いこと？」

「うん。スタッフからクレームがあるって、こってりしぼられてきた」

「そっか。少し、二人で話せる場所に行こう」

美奈はロッカーに入ると、

「ラインでね、真理のこと悪く言ってる子がいたから気になってた」

と言って、手入れの行き届いた細い指でスマホを見せてくれた。ラインには予想よりひどい悪口が沢山書かれていた。

廊下でぶつかったのは、注意が散漫で相手との距離感をつかめていないんじゃないかとか、鞄を床に置いたり、石けんで手を洗わないなんて清潔への意識が足りないとか。

清香と廊下でぶつかったけど、あのとき清香からぶつかってきたように私は感じていた。清潔への意識が足りないなんて言い方、ひどいな。一度だけ、すごく急いでいて更衣室のロッカーで床に鞄を置いたことや、手が荒れてしまって、石けんで手を洗えなかったことがそんな風に言われてしまうなんて。普段、病棟で何気なく話していた同僚からの刺すような言葉にただただ衝撃を受けていた。仲が悪かった人の言葉より、信頼していた人からの駄目出しはひどくこたえた。

アパートに戻ってからも疲れているはずなのに眠れなかった。これからどうしよう。あんな風な人たちの中で、私は看護師を続けていけるんだろうか。一瞬、退職という文字が頭の中に浮かんだけれど、農家をしながら苦しい家計をやりくりして大学を出してくれた両親を思うと、とても辞めたいなんて言うことは出来なかった。真っ暗な部屋の中で天井を見つめながらため息ばかりついていると、電話がかかってきた。

「最近お互い忙しいからなかなか話せないね。疲れてない？」

彼の温かな声に、思わず涙があふれそうになった。泣いていると気づかれないように、平静そうな声を装って答えた。

「実は、今日師長に呼び出されて怒られちゃった」

彼はうんうんと頷きながら話を聞いてくれた。

「まあちゃんは誰にでも同じように優しく接することが出来るでしょう。それを八方美人って表現するのは、ちょっと違うかなって思う。自信がないっていうのも、まあちゃんの謙遜さが時にそんな風に見えてしまうって考えてもいいんじゃないかな。誰にでも良く評価されれば一番いいけれど、なかなかそうはゆかないよね。まあちゃんは、注意されたところの中で直せるところは直していけばいいと思うし。入院患者にとっては丁寧に寄り添ってケアしているまあちゃんは最高の看護師だと思うから、もっと自信持ってね」

と言ってくれた。彼の言葉は、傷ついて凍りついてしまっていた私の心を少しずつ溶かしてくれたような気がした。

「有り難う！　頑張ってみる。忙しいのに、話を聞いてくれて嬉しかった」

「元気そうな声になって良かった。また何かあったら言ってね。まあちゃんは、僕には思っていること言ってくれるけど、他の人にはあまり言わないでしょ。今度から思い切ってもっと自分の意見を皆に言ってもいいと思うよ。僕も、まあちゃんに教わること沢山あるから」

そう励まされ、また新しい気持ちで仕事をしてゆこうと思いながら、いつの間にか眠ってしまった。

翌朝、ナースルームに入ると、清香が彼に目隠しをして、

「だーれだ」

とふざけていた。声音を変えているので、誰か分からず焦っている彼の様子がなんだかおかしくて皆でひとしきり笑ってしまった。

電子カルテに記録をしていると清香が声をかけてきた。

「佐竹さん、今度合コンするんだけど女子が一人足りないんです。参加出来ませんか？」

「今、家の手伝いが忙しいから。ごめんなさい」

そう答えたら、美奈が、

「真理は理想が高すぎちゃって、駄目よ。前も、せっかく良い人が合コンで真理に声かけていたのに、食事に一度行ったきりで断っちゃったんだもん」

と言った。奈緒美も、

「佐竹さんはすご腕だから、合コンに来たら素敵な人取られちゃうよ」

なんて言うので、驚いて、

「そんな訳ないよ」

と一生懸命に首を振った。

「佐竹さんて、そういう人なんだ」

あっさり言ってのけた清香の口調がひどく冷たく感じられてしまい、心の底がしんしんと冷えてゆくのを感じた。もう何も言う気がしなくなり、黙って仕事を続けた。

彼は何も聞いていないかのように電子カルテに向かっていたけれど、こんな会話を傍でされてしまったことがとても悲しかった。

看護師になって初めて美奈に誘われて合コンに参加したとき、たまたま隣に座ったのが東京の大学に通う高橋翔君だった。身長が高く、目元が爽やかで女子には人気がありそうな人だった。隣に座ったのも何かの縁だからと、後日ランチに誘われた。待ち合わせの場所に言ったらＢＭＷで迎えに来ていてびっくりしてしまった。高級なフレンチに連れていってくれたけれど、マナーが分からず冷や汗をかいた。ナイフとフォークは外側から取る、食事中はナイフとフォークは八の字に置くんだったっけ……。焦りまくる私とは対照的に、高橋君は慣れた手つきでスマートに食事を口にしていた。手首にはオシャレな時計が光っていた。

「大学では建築を勉強しているんだ。安藤忠雄の建築を見てすごい衝撃を受けたのがきっかけ」

いろいろと話してくれるのに、知らないことばかりで相づちを打つのが精いっぱいだった。夢に向かって勉強をしていて、生き生きしてすごく魅力的な人だった。でも、看護師になりたてで、仕事でふがいない自分と必死に闘う毎日を送っていたときだったので、自信にあふれた彼がひどく遠い人に感じられてしまった。彼からはふんわりと石けんの香りがして、手を見ると細くて長い指をしていた。器用な人なんだろうなと思った。父の手は、節くれ立ってゴツゴツしていた。首にはいつもタオルを巻いていて、汚れた洋服からは土と汗の匂いがした。父を友達に見られるのが嫌な時期もあったのに、不思議とそのとき、父に会いたくなった。

その後、二度高橋君から連絡があったのに、言い訳を作って断ってしまった。美奈に、高橋君が他の子と付き合うようになったって聞いたときは、自分が断っておきながらちょっと寂しい気持ちがした。高橋君みたいなパーフェクトな人でなくていいから、私は私をかけがえのない人として思ってくれる人にいつか会いたいな。そう、思った。合コンはそれ以来行かなくなってしまった。

あの出来事が、すご腕だとか理想が高いと簡単に言われてしまうようになるんだと思うと、ひどく寂しい気持ちがした。

爽やかな秋の風が吹き始め、朝晩と日中の気温差が大きくなる頃には、彼は随分日々の仕事に自信を持って取り組めるようになっていた。毎日、新しいことを吸収してどんどん仕事をこなしてゆくようになった彼は頼もしかったけれど、取り残されてしまったような寂しさも感じていた。

私も、彼に負けないように勉強しなきゃ。病棟での気詰まりな人間関係を忘れたかったこともあって、途中で放り出した英語の勉強を再開することにした。分からない英文があると彼に聞くことが出来たので、一人で勉強するよりも何倍もはかどった。

彼に、英語は毎日勉強すると力がつくと聞いたので、早起きをして朝の出勤一時間前を英語の勉強にあてることにした。段々寒くなってくると、暖かいコーヒーカップで手を温めながら、英語の教科書をめくった。好きな小説を英文で読み進められたときはすごく嬉しかった。一瞬、病棟での嫌なことが何もかも吹き飛んでしまったような気持ちになれた。

一〇月は二人の誕生日がある月だったので、私の部屋で誕生日のお祝いをしようと計画を立てた。久々に張り切って掃除をし、ビーフシチューやサラダを作り、ガーリックバターを塗ってフランスパンを焼いた。ビーフシチューのお肉は三〇分ほどヨーグルトに漬け込んで、弱火でコトコト煮込んだらすごく柔らかく仕上がった。デザートにはスポンジケーキを焼いて生クリームとフルーツで飾り付けをした。

「美味しそうだね。全部、まあちゃんが作ったの？」

目を丸くして彼が言ってくれたのが、とっても嬉しかった。

食事をさあ食べようというそのとき、彼のスマホが鳴った。

「はい、田中です。え？　飯野さんが？　はい。分かりました。すぐに行きます」

電話を切ると、

「飯野さんが急変したから、ゴメン」

と言って、部屋から飛び出していった。飯野昌子さんは慢性心不全が悪化して入院していた。八二歳と高齢だけれど、頭はしっかりしていて穏やかな人だった。部屋に行くと、

「お世話になります」

といつも深く頭を下げて丁寧に挨拶をしてくれた。心不全の人に出される食事は塩分控えめで、まずいとクレームがよくくるのに、飯野さんはいつも、

「贅沢させてもらって……」

と、毎回手を合わせてから食事をしていた。薬がよく効いて、浮腫もひけてきたところだったのに。朝、夕に飯野さんの聴診を欠かさなかった彼の青ざめた顔を思い浮かべると、

何とも言えない気持ちがした。

　ほとんど手をつけないまま食事は片付けた。

　部屋には、渡しそびれた彼への誕生日プレゼントのマグカップが入った紙袋と、彼から私へのプレゼントのピンクのリボンが掛けられた箱が残されていた。箱を開けると中には写真立てが入っていて、メッセージカードには彼独特の癖のある四角い文字で、

〝誕生日おめでとう。これからも、一緒に沢山思い出を作ってゆこうね〟

と書かれていた。嬉しいはずなのに、何故か鼻がツンとして涙が出そうになった。写真立てに新潟の海に行ったときに撮ってもらった二人の写真を飾り、ぼんやりと眺めた。笑顔で写ったあの日が遠く、遠く感じられた。


　翌週、仕切り直して誕生日のお祝いの続きをした。お腹いっぱい食べて、一緒に洋画のビデオを見ていたら疲れていたのか、彼は横でぐっすり眠ってしまった。優しく弧を描くような眉、少し長めのまつげ、通った鼻筋、薄い唇、そして茶色の肌の全てが愛おしく感じられた。

　洋画を消すと、彼の寝息だけがスースーと聞こえた。本当は、話したいことがいっぱい

あったんだよ。職場での辛い出来事とか。涼君も無理して笑わないで、辛いときは言って欲しいな。

飯野さんは結局あの後すぐ亡くなってしまい、唯一の家族だった娘が駆けつけたけれど間に合わなかったと聞いた。でも、彼からは一言も飯野さんの話は聞いていない。口にするのも辛いのかも知れないな。

彼にそっと毛布を掛けて、眠っている彼の傍でずっと膝を抱えて座っていた。二人でいるはずなのに、ひどく寂しい気持ちがした。本当に分かって欲しい人に自分の気持ちをうまく伝えられないこともある。人を好きになるっていうことは、孤独なことでもあるんだな、そう思った。

街では、シクラメンが飾られ、翌年の手帳が書店に並ぶようになった。山々は、少しずつ雪化粧をしていった。

努力は続けたけれど、病棟での人間関係は良くなるどころか、悪化するばかりだった。私はストレスから職場に行こうとすると腹痛が起こるようになっていた。江口先生に相談すると、過敏性腸症候群だよと言われ、飲み薬を毎日飲むようになった。

清香とは廊下でぶつかって以来、すごく苦手意識を抱くようになってしまった。清香と二人の夜勤のときは数日前から腹痛はひどくなった。ある清香との夜勤の日、緊急入院もあり疲れていたのか電子カルテに記録を打ち込んでいたら顔や背中、大腿から汗が大量に出てきてびっくりした。帰りに、更衣室で白衣を見たらトイレを失敗したかのように汗で白衣がぬれてしまっていた。

以前と同じように食事をしているのに、体重も減ってきた。

迷惑をかけちゃいけないと緊張すればするほど、気持ちが空回りしてミスを連発した。申し送りのとき、言葉が出なくなったり呂律が回りにくくなったりした。相手の言うことも聞き取りにくくなり、陰で日本語能力が低下していると言われた。段々みんなが私に分かりやすいようにとゆっくり話すようになった。でも、それが逆にストレスになってしまうこともあった。聞き取れないときに聞き返すから、そのときに教えてくれるだけでも十分なんだけどな。そんな風に思った。

もともと、間違っていると指摘するのは苦手だった。申し送りのとき、ちょっとした言い間違いなどは本筋と関係なければ特に指摘しなかったら、注意散漫で小さな間違いには気づかないと言われた。

何度、同じ話をされても、「今、その話しましたよね」と強い言葉で言えないでいたら、今話したことを忘れてるんじゃないと言われ、必ず念を押すように何度も言われるようになってしまった。確認のための復唱の必要性は勿論分かっていたけれど、それ以上に異様にしつこく言われるのは苦痛だった。それはいつの間にか、南病棟の看護師だけでなく、医療事務やソーシャルワーカー、理学療法士、他の病棟のスタッフにまで伝わっていった。売店のおばさんに挨拶を二度され、おつりの金額を繰り返し言われたときは、何とも嫌な気持ちがした。そんなことは私に本当に必要なこととは全く思えなかったから。

私に言葉を意識して繰り返すのは、気を遣ってくれているのかも知れないけど、そんなときはどんな綺麗な人も口角を斜めにあげて、意地悪い顔になっているのがたまらなく不愉快に感じられた。時に、イラッとしてしまってにらんでしまったりすると、

「こんなちょっとしたことで怒ってにらみつけるなんて信じられない」

と人格まで変わってしまったかのように言われた。言った本人はちょっとしたことなのかも知れないけれど、それを不特定多数の人からされる私にしてみれば、そのちょっとしたことの積み重ねがひどくこたえた。

もしかしたら脳に何か異常があるのではと心配になり、二度も神経内科を受診して脳の

ＭＲＩ検査や診察を受けたけれど異常なしで、自律神経失調症と追い返されてしまった。心から安心して彼の傍にいるときだけは耳もよく聞こえるし、言葉につかえることもなくなるので、やっぱりストレスからきているんだなと感じていた。

小学生のとき、友達と廊下を歩いていたら、向こうから勉強の苦手なおとなしい同級生が歩いてきた。一緒に歩いていた友達はふっと、その同級生の前に立った。同級生が右に行こうとすると右へ、左へ行こうとすると左へ体を動かして通せんぼをした。少しして、何事もなかったように私と歩き出した。私はびっくりしたけれど平気なふりをして、

「いつもあんな風にしているの？」

と聞くと、

「いつもじゃないけどね」

と何事もなかったような顔で答えていた。意地悪だとか、やんちゃだとかじゃない普通の女の子がそんな振る舞いをすることにただ驚いてしまった。でも、やめた方がいいよと口にすることは私には出来なかった。人間の中には意地悪を平然として何とも思わない一面が潜んでいるんだなと初めて気づいた出来事だった。

高校生のときは、自分がターゲットになってラインで仲間はずれにされた経験はあったけれど、こんなに沢山の人にじわじわ広がるような嫌がらせではなかった。職場で、見知らぬ人から指をさされたり、笑われたりするようになり、人間は、少しでも相手が自分より何かが劣っていると思うと、何歳になっても笑ったり嫌がらせをしてきたりするんだなと思った。また、私がすぐ怒るという話を聞いて異様に恐れて、私の姿を見るとあからさまに嫌な顔をしたり、隠れたりする人もいた。他人から恐れられているということも、心を傷つけられることがあるのを知った。

せっかく周囲が気を遣ってサポートをしているのに、それを快く受け入れない私は、変にプライドが高く意地の悪い存在に見えてしまったのかも知れない。でも、必要のないサポートはかえって自尊心を低下させてしまっていた。

サポートとは、あくまでも相手が喜んでくれてこそ役立つものだと思う。サポートをするときは、相手の表情や態度から受け入れられ、喜んでいると確認してから行うものであって、この人にはこういうサポートが必要と決めつけてそれを周囲に拡散すれば、言われた人は多くの人から嫌なことをされるような苦痛の毎日を送る羽目になってしまう。

誰にとっても一日は、二度と繰り返すことが出来ない大切な一日なのに。

今、職場で私に貼られてしまった嫌なラベルはどこまで拡散してゆくんだろう。

本当の私はそのラベルの向こう側で小さくなって震えていた。他の人は、私のラベルしか見ないで私と接するから、心を開いて会話することが段々出来なくなってゆく気がした。どんな人と話しても、〝この人のどこがおかしいか、見つけてやる〟という相手の心の声が聞こえてくるようで全く楽しくなかった。そんな毎日は、少しずつ少しずつ私の心に暗い影を落とすようになっていった。

これが、暴言や暴力だったら分かりやすくて、むしろ上司に相談して改善することもお願い出来たと思う。でも、確実に相手に嫌な思いをさせながら実は非常に分かりにくい方法で、私は徐々に追い詰められていった。


クリスマスは二人とも忙しく、コンビニで売れ残ったショートケーキでお祝いした。彼が仕事で疲れ切った顔で差し出したプレゼントの袋を開けると、中からカシミヤの白いセーターが出てきた。

「わあ、暖かそうなセーターだね。有り難う」

「まあちゃんは、白い洋服が似合うから」

照れ屋な彼が、お店で困った顔で女性の洋服を選んでいる様子が目に浮かんで、なんだかおかしかった。私は、イニシャル入りの青い万年筆をプレゼントした。

「有り難う。これまで、安いボールペンしか使ってなかった。これ、書きやすそうだね」

彼の笑顔を見ながら、どうぞ彼と一緒にずっと過ごすことが出来ますようにと神様に祈った。

病棟でどんなに嫌がらせを受けても、やっぱり彼の傍で仕事をしていたかった。

冬の内科病棟は忙しい。肺炎や、脳梗塞などの急性期疾患が次々と運ばれてきた。重症の患者を彼が何人も抱え、会っても勉強ばかりしている日もあった。机に山のように本を積んで、パソコンで調べものをしながら彼は言った。

「ごめんね。つまらないよね」

私は首を振った。

「涼君の傍にいるだけで、楽しいよ」

彼の広い背中にそっと触れると、茶色のセーターの上からポカポカと彼の体温が伝わってきた。

ふと思いついて、台所に行き冷蔵庫を開けると、卵と牛乳そして、しなびた野菜がいくつか入っていた。野菜を沢山入れたお味噌汁と、炊きたてのご飯で握ったおむすびをお盆に載せて持って行くと、美味しそうに食べてくれた。

「コンビニのお弁当ばかり食べていたから、めちゃくちゃ手料理が美味しい！　自宅でも、母さんが勉強してるとよくおにぎり作ってくれたんだ」

「優しいお母さんなんだね。我が家は胡瓜農家だから、両親とも農作業で忙しかったのね。だからお祖母《ばあ》ちゃんが私が小さいときは一緒に遊んでくれたり、おやつを作ってくれたりしたの。あるものは何でも使って具沢山のお味噌汁を作ると美味しいっていうこともお祖母ちゃんに教わったの」

「そうだったんだ。僕は隣に祖父《じい》ちゃんの家があって、いつも遊びに行ってたよ。僕には優しい祖父ちゃんだったけど、子供の頃戦争で空襲にあって左腕をなくしたことを引きずって、大人になってからアル中になっちゃった。

　戦争での辛い経験を忘れたかったことや左腕がない現実をなかなか受け入れられなかったこともあってお酒を飲まずにはいられなかったみたい。夜にお酒がないと祖母ちゃんに暴力を振るって大変だった。結局、肝臓を悪くして亡くなったけど、何とか命が助かったとしてもその後の人生をも変えてしまう戦争って本当に恐いなって思った。

動物は自分の命をつなぐため以外には他の命を奪わないし、自然を破壊することもないよね。沢山の人間を殺したり、自然を破壊するような兵器を作り出す人間ってすごく恐い一面を持っていると思う」

「人間は、自分の命を捨てても子供の命を救うこともあれば、邪魔になったら殺してしまう場合もあるでしょう。いろんな面を持っているのが人間なのね。一人の人間の中にも、優しい面や残酷な面がある。きっと戦争は、人間の持つ残虐性を最大限引き出してしまうものなんじゃないのかな」

人の心はまるで万華鏡のようだ。少し動かしただけでも、全く違う模様が見えてくる。

「核兵器を持っている国が持っていない国に侵略したりすると、やっぱり核兵器は必要だっていう議論がどうしても出てくるよね。でも、他にも原因はあったんじゃないかって広い視野できちんと考えることが大事だと思う。

それまでのその国との歴史的な背景、外交では相手の国ときちんと向き合えていたか。国際法や国連憲章で侵略は禁止されているのに、それを世界が止められない状況は何故か。その侵略戦争を利用して利益を得ている国はないか。いろんな問題があるから、少しずつでもその問題を一つ一つ解決する努力も必要だと思う。

確かに今は核の脅威が高まっていると言われているけれど、同時に世界では核禁止条約を批准して長期的に核廃絶を目指す運動だって高まっているよね。いろんなところに目を向ければ、希望も見えてくるよ。政治の専門家じゃないから、えらそうなことは言えないけれど」

こんな状況にまで追い込んでしまったのは人間だけれど、今の状況を良くしていけるのはやっぱり人間だけ。彼の言葉を聞いて、そんな思いが湧いてきた。彼は続けた。

「今はSNSを利用して職場や趣味を通じていろんな外国の人と交流も出来るよね。外国の人と正確な情報を交換したり、その国の歴史や文化を理解することが実は、戦争への道を止める小さな一歩になるかも知れない。

日本の国会を、少数意見を持つ人やマイナーな人たちもどんどん議員になれるような皆に開かれたものにして、多数の意見に流されないようにすることも大事だと思う。

少数意見が尊重される国は、住みやすい国になるんじゃないかな。そういう多様性を大事にする国はきっと、閉ざされた国に対しても何らかのアプローチを粘り強く続けてゆけるよね。ささやかな出来ることを、積み重ねてゆくしかないのかも。でも、戦争を起こさないようにすることは、政治家だけが出来ることじゃなくて僕らの毎日の生活も関わっているんだって思うと、もっといろんなこと勉強しなきゃなって思う」

彼の言葉に私も頷いた。

「私もお祖母ちゃんに、戦争中は本当に物がなくて生きてゆくことが大変だったたって聞いた。野原の草や、芋の蔓なんかも食べたんだって。若い人はお国のためにって戦争にかり出されて、どんどん亡くなっていったんだって。今の平和は、戦争で亡くなった沢山の人の命の犠牲の上にあるんだよって、お祖母ちゃんはよく言っていたの。日本人だけじゃなくて、日本が侵略していって奪った人の命も含めて。

今は便利で物は手に入りやすくなったし、その気になれば嫌なことは考えずに生きることも出来るけれど、でも、お祖母ちゃんの言葉を忘れちゃいけないなって思っているの」

「本当にそうだね。祖父ちゃんも、自分の生き様を通して僕に戦争をしてはいけないってこと、伝えてくれたと思う。平和っていうのは、当然のようにあるものではなくて一人一人が努力して守ってゆくものなんだろうね。それにこれからは、女性とかハンディキャップを持った人も、もっともっと政治に参加して意見を言えるといいね」

「今までは、女性が政治の話をしたりすると生意気だとか、可愛げがないとか言われることもあったけれど、どんなことでもしっかりした意見を言える女性に私は憧れるな」

「うん。僕も、いろんなことから目を背けないできちんと考えてゆける人は、女性でも男性でも素敵だと思うよ」

そんなことを彼と話しながら、職場での人間関係にすらうまく対処出来ない自分が世界の情勢に対してどんなことが出来るというのだろうと無力感も感じていた。

私に出来ることは、まず周囲の人ともっと分かり合えるようになれるよう、少しずつ努力すること。それが、どんなに大変でも。

その日彼はお味噌汁をおかわりして、おにぎりを三個も食べてくれた。それ以来、彼が勉強していると、おにぎりを握るようになった。


バレンタインには、ドライブに行った。

曲がりくねった山道を抜けて神流湖《かんな》に着くと、水面は暗く、冷たい風が吹いて思わず首をすくめた。

「冬に来たの初めて。春や夏に家族で来て、ボートに乗ったりしたの。エメラルドグリーンの水面がキラキラ光に反射して、とっても綺麗だった。冬は、寂しい景色ね」

吐く息が白かった。

「同じ場所でも、季節が変わるだけで全く違った景色になるんだね。人の心もそうかも知れないね。僕なんて、明るい気持ちでいたのにちょっとした出来事で暗く沈んでしまうことが結構あるよ。なるべく平常心でいなきゃって思っているのに」

「そうね。人の心って、一番難しいのかも知れないね。私ね、今まで美奈のいい友達でいられたのかなって思うこと、ときどきあるんだ。美奈は、時には恐い先輩の悪口を私と一緒に話して、ストレス発散したかったんじゃないかな。嫌なことがあったとき、正論を言われるより共感して一緒に愚痴言ってもらえることで救われること、あるでしょう？　でも、私は人の噂話とか全く興味がなくて美奈の話、スルーしてしまうこと多かったなって思う。美奈はいつも私を助けてくれたのに、私は美奈のことをどこかで傷つけていなかったかな」

肌を切るように冷たい風が、また吹き抜けていった。湖の水面はどこまでも暗く沈んで見えた。一度閉ざされてしまった人の心は、容易には開いてくれない。

「僕はまあちゃんのそんなところが好きだよ。皆の良いところを見つけることが出来るところ。悪口を言ったり、噂話をしないところ。今、誰かにその良さを分かってもらえなかったとしても、そのままの優しいまあちゃんでいたら、いつかきっと優しい気持ちは伝わるものだと思う。僕は、いつも病院で病気の人に接しているでしょう。亡くなる人がいるとすごく辛かった。でも、まあちゃんが傍にいてくれるようになってから、気持ちの切り替えが前より上手に出来るようになった気がする。まあちゃんは、いつも僕の心に包帯を巻いてくれているよ。第一、医者が暗くちゃ、しょうがないもんな」

冗談めかして彼は言ったけれど、担当していた飯野さんが亡くなったときに本当に辛そうな顔で仕事をしていたのを覚えていた。

「包帯を巻けて良かった。役に立てて良かった。涼君は、辛くても言ってくれないことがあるから心配だった」

そう言うと、彼はにっこり笑って私の手をつないで言った。

「まあちゃんの笑顔は、僕の癒やし。また、ここに夏に来ようね」

彼の手はとても温かかった。

彼のアパートは小さくて机と本と電子ピアノでいっぱいになってしまう部屋だったけれど、窓からの風景はとても美しかった。春を迎え、青い空にふんわりと浮かぶ雲の下、庭の水仙やフリージアが風に揺れるのを二人で眺めていると心が安らいだ。

「ねえ、見て。あの雲、ウサギに似ていない？」

「ホントだ。雲ってさ、いろんな形に見えるよね」

「私、動物の中ではウサギが一番好き。もぐもぐ口を動かして食べるところが好きなの」

「僕はウサギの耳が好きかな。音がする方向に耳向けるでしょ。あれがかっこいいんだよな」

どうでも良いことをうんうんと聞いてくれて、一緒に共感してくれる人がいるだけで、こんなにも心が豊かになるなんて知らなかった。彼が傍にいてくれたら、どんな辛いことも耐えてゆける、そう思った。

第三章　別れ

彼は三月には関連病院に他の科の研修に行くため、異動になることが決まっていた。でも、きっとこの彼の生真面目さでずっと一緒にいられるんだと信じきっていた。付き合って、一年もたたずに他の病院に異動になるなんて。いつも見ている背中をナースルームで見ることが出来なくなると思うだけで、ただ寂しかった。

異動のため、彼は今のアパートを引き払うことになった。その前に、ワインと少し高めのお肉、フルーツを買い込んで二人でちょっとしたパーティーをした。違う病院で働くようになっても一緒に頑張ってゆけるように、彼はワインで、私はジンジャーエールで乾杯をしていろんなことを話した。

「人間の体って、心がどう思っても、全ての細胞が必死に生きようとしてる。すごいよね」

と、ほろ酔いの眠そうな表情で彼は言った。

本当にそうだ。人間の体は、生きよう生きようとしている。私が仕事で疲れているときも、そして力及ばず患者さんが亡くなったときも心臓は拍動し、栄養が足りなくなればお腹がすいてくる。

でも看護師をしていると、自分の体の生命力に心が追いついていかないことがある。そんなときは看護師って、厳しい仕事だなとつくづく思ってしまう。

「ねえ、涼君、どうしてお医者さんになったの？」

「どうしてかな。親父が楽器屋をしていて、不安定な経済状態だから安定した仕事が良かったのかな。成績も悪くなかったから、学校の先生からもすすめられたし。強い気持ちがある訳じゃなかったんだ。だから、医学部に入っても、他の同級生のように、純粋に夢に向かって勉強することがどうしても出来なかった。ピアノばかり弾いちゃってさ」

いつもの明るい彼ではなく、なんだか寂しそうな顔だった。

「私だって、経済的な安定は考えたよ。資格を取れて、就職がちゃんと出来るのが魅力で一生懸命勉強して何とか看護師になったの。ナイチンゲールみたいになりたいなんて気持ちは全然なかったよ。看護大の同級生も、元塾の先生やらシングルマザーまでいろんな人がいた。だから、いろんなタイプの看護師がいていいんだって思って自分を励ましているの」

「そうだよな。研究より、音楽が好きっていう医者がいてもいいかも」

「いいに決まってるよ！　いつか、病棟で涼君のピアノを患者さんたちに聞かせてね。きっと皆、元気が出るから」

「うん。一生懸命腕磨くからね」

優しく笑うと、いつものようにそっと頭をなでてくれた。

「涼君には、音楽だけは何があっても続けるっていう気持ちがあるでしょう。でも、私には何もないなあ。私を出産した後、お母さん胞状奇胎という病気になっちゃってね、妹とは七歳年が離れているの。だから一人っ子だった時間が長いせいか、親の顔色ばかりうかがうところがあるの。まず、両親がどうしたら喜ぶかばかり考えて、本当に自分がやりたいことが見えてこないの」

「焦らなくていいと思うよ。きっと、まだ見つかっていないだけかも知れないね。僕が大学生の頃さ、二年も留年しちゃって勉強も嫌になった時期に教官に呼び出されたんだ。投げやりになっていた僕の気持ちが分かってしまったみたいで、僕が医学部に合格したことによって一人医者になれなかったかも知れない人間がいるってことを忘れるなって言われて、はっとした。そしてね、大きい目でみれば、確かに僕らは大きい海のほんの一滴かも知れない。

でも、その一滴がなければ海がひからびてしまう。そんな一滴だって言われてからは、自分なりに毎日を大事に過ごすようになった。まあちゃんも、うまく言えないけれど大事な一滴だから、まあちゃんらしく一生懸命生きていれば、きっとまあちゃんにとって大切なものは何か見えてくると思うよ」

彼の言葉を聞きながら、この時間が永遠に続くことを心の底から祈った。

病院に植えてある沢山の桜が花開く前に、彼は、別の病院に行ってしまった。彼がいない、それだけで、ナースルームが何倍も広く感じられた。その後、何度かラインのやりとりをしたけれど、忙しいのか返信が遅れがちになり、ついには二週間も音信不通になった。

体の芯から冷えるような春の夜、心配でたまらなくなり、彼が病気なんじゃないかと、彼の勤める病院の駐車場でずっと彼が出てくるのを待っていた。まだ新しい病院で、病院の窓には忙しそうに働くスタッフの影が映っていた。彼もきっと、どこかの病棟にいて電子カルテに向かっている、そう思いながら夜一〇時を過ぎても帰れなかった。

夜空にはりついたような星が綺麗だった。笑った目のような三日月が車の中にいる私を静かに見おろしていた。足が痺れ、体が痛くなったけれど、私を見つけたときのはにかむような笑顔を思うと、全然辛くなかった。まだ、彼が異動して一カ月もたっていないのに、まるで何年も会えなかったように感じ、ただ彼に会いたいという気持ちがつのった。

そのとき、ふと、病院の職員出入り口から楽しそうに出てくる彼と、ショートカットの可愛らしい女性を見つけた。見間違いであって欲しかった。でも、あの寝癖のある背の高い後ろ姿、よれたシャツの襟は紛れもなく、彼のものだった。看護師か、女性の研修医か。分からないけれど、二人はそのまま一緒に病院の外へ消えていった。呆然として、ただ二人のことを車の中から見つめることしか出来なかった。

本当は、車から飛び出して行って、彼にその人は誰なの？　と聞きたかった。どうして、ラインの返事をくれないの？　泣きながら、彼を問いつめたかった。でも、彼がもう気持ちが変わってしまったと答えるかも知れないと思うと恐くて、何も出来なかった。

どうやって自分のアパートへ戻ったのだろう。気がついたら、一晩中膝を抱えてじっとしていた。飲まず食わずで、窓から入る朝陽のまぶしさに時計を見ると、もう翌朝の九時になっていた。今日は仕事に行かないといけないのに。あまりにも大きなものをなくし、泣くことも出来なかった。

それから、普段通りに日々は過ぎた。でも、いつの間にか病棟では私と涼君が付き合っていたこと、そして彼が次の病院に行ってすぐ、もともと婚約者だった同じ研修医の女性と同棲したという噂がたった。

彼の勤める病院へ行ったあの日の後も、一緒にいた女の人はただの同僚だったんじゃないかとか、また彼が連絡をくれるんじゃないかとか未練がましく思ってしまう自分がいた。でも、彼が同棲しているという噂を聞いてからは、そんな淡い期待も消え去ってしまった。

「妙な色気があるよね、真理はさ」

そんな風に看護師同士で話しているのを聞いてしまったり、別の同僚が笑いながら、

「ポイ捨ての憂き目にあったらしい」

と私のことを横目で見ながらにやにやしながら話していると、たまらなかった。

一番の親友だと思っていた美奈が、

「真理って、ノリが悪くない？　いつも私は正しいんですって雰囲気をかもしだしてる。男の人にとっても、そういうのってウザいと思う」

とナースルームで話しているのを聞いてしまったこともあった。いろいろな出来事が重なり、職場に行きにくくなって、数カ月で退職してしまった。

自分なりに迷いながらだったけれど、全力で頑張ってきた仕事なのに。師長は、

「これから仕事がおもしろくなるから」

と、繰り返し引き止めたが、我慢出来なかった。

もう二度と、恋なんてしない。固く心に誓った。

勉強や仕事に不器用で一生懸命の人だから、恋にも不器用で一生懸命と単純に思い込んだ自分が悔しかった。彼を疑うことなんて一つもなく、ただ有頂天になっていた自分が惨めだった。

私にとって、彼はかけがえのない人だったのに、彼にとっては、ほんの遊びだったんだ。自分の何が足りなくて、こんな結果になってしまったの？　いくら考えても答えは出なかった。

ただ、彼は本当に私のことを愛してなんかいなかったのは、紛れもない事実。そのことが、何よりも自分を打ちのめしているのが分かった。

第四章　特別養護老人ホーム　ハナミズキ

お金は必要だったので、少し遠い老人ホームで看護師を募集していたのを見つけて応募し、すんなり採用された。

今まで勤めていた病院と違って、高齢の入居者のお世話と、かかりつけ医の月に一度の回診の介助が私の仕事になった。

自宅のアパートから、五〇分ほど車を走らせると住宅街から少し離れた場所にその施設が見えてくる。二階建ての白い建物に赤い三角形の屋根。玄関には丸い字で「特別養護老人ホーム　ハナミズキ」と書かれてあり、綺麗な花の絵も添えられていた。

その施設の中には、約四〇名の方が四つのユニットに分かれて入所していた。看護師は私を含め、二人いて、入所者が急変したときは救急車に同乗して近所の総合病院に送ったり、本人や家族が積極的な治療を望まないときは、苦痛を最低限にするよう配慮しながら補液だけの自然な形で看取りをした。

もう一人の看護師は萩原哲平さん三〇歳。通称てっちゃん。サラサラの金髪に、切れ長の瞳、透き通るような白い肌。スレンダーな体は何を着てもよく似合い、毎日その日の洋服に合わせて帽子を変えて出勤するオシャレな人。私が出会った男性の中では、一番の美男子だった。普段着の彼は全く看護師に見えないけれど、仕事となると細やかな心配りと甘いマスクでハナミズキに入所しているお婆ちゃんたちのハートをわしづかみにし、職場には欠かせない人材だった。そして、料理の腕が天下一品でスタッフに毎日のように手作りのスイーツやイタリアン料理を差し入れてくれた。

女性にもてて仕方なさそうな人だけれど、実は男性のパートナーのアキラさんがいて二人で暮らしていると人づてに聞いた。ときどき、アキラさんがてっちゃんをハナミズキまで送ってくるのを見かけた。二人は本当に仲睦まじく、素敵なカップルだった。それまで、同性のカップルを間近で見たことはなかったけれど、いろんな愛のカタチがあるんだな、そう思った。

いろいろな意味で、環境も仕事の内容も今まで働いていた内科病棟とは、全く異なっていた。重症肺炎の管理や糖尿病の急性合併症など、やっと内科の看護師としてのやりがいが分かってきたところだったのにと思う気持ちが、ハナミズキの患者さんの食事介助や、トイレ介助をしているときに、ふと心に浮かぶこともあった。でも、もうあの職場には戻りたくないし、戻れない。それは、自分が一番よく分かっていた。

ハナミズキは基本的に、高齢で認知症の患者さんが多く、日常のほぼ全てに介助を要する方ばかり。でも、興奮しているとき以外はめちゃくちゃ可愛らしく、大変な仕事のはずなのに、しわくちゃだけどたまらなく素敵な笑顔に日々癒やされることも多かった。でも、その中にどうしても仲良くなれないお婆ちゃんがいた。

そのお婆ちゃんの名前は中野君枝さん。他のスタッフも皆、苦手だと言っていた。

九〇代だけれど、食事は自分で食べられて、着替えも少しお手伝いすれば自分で出来た。トイレも失敗することなく、最近の出来事が曖昧な以外はとってもしっかりしていた。家族は市内に住む息子が一人。でも疎遠で一度も面会に来たこともない。急変時以外連絡禁止と中野さんのカルテには赤字ではっきりと書かれてあった。

まず、中野さんは挨拶を返さない。そして、何かを頼むときもまるで命令するように言ってくる。

「ちょっと、そこの人。部屋に戻りたいから、車椅子押してってよ」

まるで召使いだな。そんな寂しい気持ちになりながら、何度中野さんの車椅子を押したことだろう。

「私、佐竹真理っていうんです。新しく、この施設に入職した看護師。仲良くして下さいね」

そう繰り返し言っても、名前を呼んでくれることなんてなかった。他の入所者の介助に忙しく、トイレ介助にすぐつけないと中野さんの嫌みが始まる。

「もう、随分待ったからトイレに失敗しそうだよ」

「ごめんなさい！　ごめんなさい！　すぐ来られなかったの。田辺さんが、転んじゃってね」

「私がトイレで呼ぶときは、いつも何かあるよねえ」

返す言葉もなかった。


ハナミズキの毎日にもやっと慣れた頃、スタッフが、涼君と私の噂話をしているのを聞いてしまった。仕事を終えて、ロッカーで着替えをしているときだった。壁の向こうから低い声が漏れてきた。

「真理ちゃん、おとなしそうだけど、結構すごいね。まあ、結局のその医師に捨てられて、行き場がなくてここに来たんだ」

ああ、こんな所まで噂が広がってるんだ。

今はラインもあるし、遠くのスタッフとのやりとりが簡単に出来るから、きっと、すぐ噂が伝わってしまうんだ。隠したい訳じゃないけれど、初めて恋に落ちて涼君と過ごした日々が、いろんな人の好奇の目にさらされ、あれこれ言われてしまうことが辛かった。

「真理ちゃんてさ、いつもニコニコしていていい人だと思っていたけど、他に行くところないからいい人ぶっているだけなんだろうね」

「そうだよ。いろんな男とどうせ遊んでいたんじゃないの」

「真理ちゃん、また例の色気で社長さんに取り入って更にお給料増やしてもらっていたりして」

「あははは」

誘惑なんて、してないよ。ただ、涼君といたかった。傍にいて、一緒に過ごしたかった気持ちが、こんな風に言われなきゃいけないのかな。

そこから先は、もう聞くことが出来なくて、そっとロッカーの扉を閉めて一人自宅に向かった。運転しながら、初めて冷たい涙が次々と頬をこぼれ落ちるのが分かった。

ハナミズキを退職することも考えたが、多分どこに行っても同じことが待っているのは明らかだった。今の自分は、どこにも逃げられない。

久しぶりの連休に、私は実家へ帰った。

胡瓜農家の仕事はハードだ。収穫時期には、朝四時には起きて朝採れ胡瓜として出荷する。日曜日もなく、毎日働かなくてはならない。ビニールハウスでの栽培は、気候に左右されないというメリットがあるけれど、光熱費がかかってしまう。我が家には一一個のビニールハウスがあり、ビニールハウスの修繕や雑草の除去なども父と母の二人でこなしていた。

父は最近、腰を悪くしてビニールハウスへ行くと必ず鎮痛剤を内服している。腰をかがめて胡瓜の苗を植えたり、重い液肥を持たなきゃいけないので農作業はどうしても腰に負担がかかってしまう。近所の整形外科を受診して、腰椎ヘルニアがあるから無理しないようにと言われていた。

父の腰痛がひどいときは、父の分も母が頑張って仕事をしていた。

「真理、少し痩せた？　看護師さんが自分の体を守れないようじゃ失格よ」

母の農作業で荒れてしまっている手に肩を抱かれて、帰って来て良かったと思った。

「今の施設は高齢者の介助が多いから。力仕事なの」

「嫌な思いはしていない？　高齢の人も、興奮すると手がつけられなくなったりするんでしょう？」

「たまーにそんなこともあるよ。でもね、基本的には薬でコントロール出来ているし、接し方を工夫することで穏やかに過ごせるようになることも多いから、大丈夫」

辛いことは高齢者の介護じゃなくて、スタッフからあの恋について心ないことを言われることなんだよ、お母さん。もっと辛いのは、涼君は私を何とも思っていなかったという事実。でも、言葉にしたら泣き出してしまいそうで、ただ作り笑いをしてみせるしかなかった。

自宅の庭では、飼い犬のラッシーが私に気づいてちぎれそうになるくらい尻尾を振りながら飛びついてきた。ラッシーは、真紀が小さい頃に道ばたで拾ってきた雑種の犬。まだ子犬だったラッシーは、私たちの部屋で一緒に眠ったり、昼間はボール遊びをしたりとよく一緒に過ごした。やんちゃな子で、すぐ自宅から脱走するのだけど道が覚えられず、迷子になっては近所から連絡をもらって迎えに行った。なので、我が家では迷犬ラッシーと呼ばれていた。茶色でもふもふのラッシーを抱きしめて、やっと実家に帰った実感が湧いた。

その夜は、小さな頃から大好きだった母のだし巻き卵や肉ジャガがさりげなく夕食に並べられた。

「お姉ちゃんはもっと頻繁に帰って来てよ。私、ビニールハウスの手伝いが大変なんだから」

真紀が口をとがらせる。

「ゴメンね。仕事変わったばかりで余裕がなかったんだ」

「真紀は専門学校休んで遊んでることも多いじゃないか。ビニールハウスの仕事くらい、もっと積極的に手伝いなさい。真理は看護師という人の命を扱う仕事をしてるんだぞ」

「はいはい。父さんは、いつもお姉ちゃん贔屓《びいき》！」

父は、ビールの入ったコップを持って、真紀の額をコツンとした。

「真紀も、真理も、大事な俺の娘だ。贔屓《ひいき》なんて、する訳ないじゃないか」

真紀は、父にそっと耳を寄せて、

「そういうことにしておいてあげる！　父さんは、お姉ちゃんが結婚したら、きっと寂しくて寝込んじゃうね。結婚しろって、いつも言ってるけど、口だけでしょ！」

そう言うと、ポニーテールにした髪を揺らしながら二階にさっさと上がって行ってしまった。

父は困ったような顔をして、下を向きながら何かボソボソと言っていた。

ふと、私は父と母がどんな恋に落ちたのか知りたくなった。

「父さん、母さんとは高校の同級生でしょ？　どっちから付き合おうって言ったの？」

「勿論、父さんよ！」

「ええ？　バレンタインにお前がチョコくれたから、仕方なくお返しにクッキーやっただけじゃないか」

父が、むきになって言い返す。

「嘘よ。いつも私のことじっと見てたから、バレンタインにチョコあげたのよ」

母も負けてはいない。二人とも相手からアプローチしてきたとお互い譲らず、結局よく分からなかった。

「ねえ。父さん、母さんと結婚して良かった？」

「当たり前じゃないか！　母さんと結婚しなきゃ、真理にも、真紀にも会えなかったんだぞ」

「お前も、そろそろ結婚して、身を固めることを考えなさい」

「ハイハイ。でも、仕事で忙しいから」

さりげなく立って、真紀のいる二階へ上がった。

東側の八畳の畳の部屋が、私と真紀の部屋。

半分にしてずっと使っていたのに、私が自宅を出てからは、八割が真紀の私物で占められるようになってしまった。

「ちょっと、こんなにスヌーピーのぬいぐるみ買ってどうするつもりなの？」

「お姉ちゃんがいないから寂しくて」

「調子いいんだから」

二人で、枕を並べて眠るのは本当に久しぶりだった。

「お姉ちゃん、ちゃんと食べてる？　なんか元気ないね」

真紀は、妙に鋭いところがある。どきっとしながら、

「大丈夫よ！　ちゃんとモリモリ食べてる！」

と笑ってみせた。

「お姉ちゃんは弱み見せないもんね」

「真紀に弱みを見せたら、つけ込まれて大変！」

「ひっどー」

今度は二人で笑って、なんだか少し元気が出た気がした。

「お父さん、腰の具合どう?」

「うーん。やっぱり、動くと辛そう」

真紀が顔をしかめた。

「胡瓜農家って、体を動かさないと仕事にならないから大変。でも、ヘルニアの手術して、良くなるばかりじゃないっていう話も聞いて、お父さん、弱気になってる」

「脊椎で有名な先生に診てもらおうか? 明日、その先生の病院をお父さんに伝えとくね」

「おおー専門家のまっとうなご意見! 素晴らしい」

「何よー。たまには、姉を尊敬しなさい」

また二人で笑った。

「さっきね、父さんと母さんどちらから好きになったか聞いたの。そしたらどちらも相手からって譲らないの」

「二人とも頑固だもんね」

「うん。あの頑固さは、良いときと悪いときがあるよね」

「そうそう。もう少し柔軟な頭持って欲しいと思うことあるよね」

この点では、真紀と同意見だ。

ふと、真紀が言った。

「お姉ちゃん、好きな人いるの？」

真紀には隠せないな。私はそっとため息をついた。

「いたけど、振られた」

しばらく沈黙して、真紀が言った。

「お姉ちゃん振るなんてそいつ、超見る目ないよ。いつか、後悔して泣き見ると思うよ！美人で、賢い自慢のお姉ちゃんなんだから」

「ありがと。でもね、彼にとって私はホント何でもなかったみたい。さよならも言ってくれなくて」

後は、言葉にならなかった。

さよならぐらい言って欲しかった。

どうして本気になれなかったのかぐらい、教えて欲しかった。

泣いてるのが真紀に分かってしまいそうで、仰向けのまま涙が耳をつたうのを感じていた。

「お姉ちゃん。大事なことはなかなか言えないってことがあるのは分かるよ。でも、どんなに辛くて、その言葉が人を傷つけるって分かっていても、言わなきゃいけないときもあると思う。さよならも言わないなんて、そんなの卑怯だよ」

「そうだよね。なんで好きになっちゃったのかな」

突然、真紀はむっくりと起き上がると、

「お姉ちゃん、そいつのこと私、一生涯かけて恨むから！」

と叫んだ。

泣いているのも忘れて思わず吹き出してしまった。

「真紀、恐いよー」

「いいの。いいの」

そっと手をつないできた真紀のぬくもりを感じながら、久しぶりにその日はぐっすりと眠ることが出来た。

気がついたら、東の窓からオレンジ色の朝焼けの中、太陽が昇り始めているところだった。小さな頃から見慣れた景色なのに、なんだか少し違って見えた。キレイな景色は、ただキレイに見えるだけじゃない。悲しく見えるときもあるんだな。しみじみとそう思った。

家族の顔を見て、リフレッシュ出来たせいか、気の重かったハナミズキへの出勤も普段通りに出来た。私のロッカーを開けようとしたら、扉に紙袋が掛かっていた。中を見ると、手作りのクッキーと一緒に、

〝困ったことがあれば、何でも相談して下さい。哲平〟

と、整った字で書かれたメモが入っていて心がポカポカと温まってゆくのを感じた。てっちゃんは今日はお休みの日だから、昨日帰るときに書いてくれたんだな。てっちゃんは今まで一緒に仕事をしたことのないタイプの看護師だけど、彼とここで一緒に働けて本当にラッキーだと思った。

朝八時に到着し、入所者の体温や食事摂取量が分かるパソコンの画面にまず目を通す。スタッフルームには、もう夜勤の介護士が二名いて、苦いコーヒーを飲みながら申し送りを記録していた。

一人はこの道二〇年のベテラン辺見京子さん。もう一人は、五年目中堅の香山友美さん。辺見さんは、ちゃきちゃきしていて、物事をはっきりと言うタイプ。香山さんは、慎重で、口数は少なめ。全くタイプの違う二人だけれど、何故か仕事の相性は抜群で、夜勤は結構こ

の二人で組んでいる。他のスタッフは陰で、こっそり夜勤最強コンビなんて言っていた。

「今日は、2A入所の加納節子さん、熱が出ちゃいましたね」

パソコンをのぞきながら辺見さんに声をかける。関節リウマチで、ステロイドの内服が欠かせない加納さんはよく尿路感染で熱を出す。昨夜の検温では36・7度だったのに、今朝の検温は37・6度。朝の食事摂取量は三割といつもより少ない。

「そうなの。トイレへ行っても、尿が十分出きっていないようよ。水分も多めに摂取してもらっているけれど、もともとの抵抗力が弱くなっている気がする」

辺見さんが疲れた声で答える。介護士は、実践をつんでいるので本当に鋭い。介護の分野だけでなく、病気のときのささいな前兆をとらえて教えてくれることが多い。

「泌尿器科でも、膀胱の収縮を促すお薬を処方したり、発熱時の抗生物質を出したりする以外は、年齢だからあきらめてって、感じですものね」

「そうそう。加納さん、もう八〇歳近いから」

関節リウマチの痛みにもかかわらず、いつも穏やかで柔和な加納さんの顔が胸に浮かんだ。

両手、両足の関節が変形して着替えや食事も大変そうだった。でも、今日のおかずは美味

しかったとか、孫が見舞いに来たとか、良かった探しが本当に上手な人。そんなことを思いながら、

「医師から発熱時に内服させるよう処方されていた抗生物質が、まだ五日分あったと思います。今朝から、飲んでもらいますね」

と二人に言った。

「うん。お願いね。じゃ、申し送り始めてもいい？」

「はい。お願いします。」

申し送りでは、やはり中野君枝さんのことが問題になった。命令口調で頼んでくる、お礼を絶対に言わないなど。辺見さんが声をとがらせる。

「中野さんてさ、全てのことに不満なんじゃないの？　あれじゃあ、家族もかわいそう。あんな風にされちゃ、家族が連絡取りたくないっていうのもすごーく分かる。加納さんなんて、熱があっても、一生懸命ニコニコしているんだから」

「そうですね。私も、中野さんはきつく感じることあります」

思わず、私は頷いてしまった。

「いつもよ、いつも。夜勤の、ハードな状況では、あのふくれっ面は身にこたえるのよ。そ

れでね、2Bの近藤昌義さんは真夜中に徘徊。廊下で放尿。男で力が強いから、二人がかりで椅子に座ってもらって、入眠剤入りのお茶飲んでもらったの。そうしたら、何とか眠ってくれた。柴田琴さんは、眠くないって言うから、一晩中一緒にスタッフルームでテレビ見たりしているでしょ？　本人は、自宅で仕事帰りの家族を待っているつもりなのよ。おとなしいからいいけれど、やっぱり目が離せないじゃない。そうこうしているときに限って、中野君枝が呼ぶのよ！」

辺見さんが投げ捨てるように言う。

「そうなんですよね。何か、間が悪くて」

香山さんも呟く。

「わざとよ！　こっちがくたくたなときに、しらーっと、トイレ行きたいって言うのよ」

賑やかな申し送りの中に、二人の奮闘を感じつつ、中野さんには本当にどうしたものかと頭を抱えたくなってしまった。

まず、2Aの加納さんのもとへ抗生物質を持って急ぐ。

「おはようございます」

声をかけると、加納さんはにっこりと笑顔を返してくれた。花柄のピンクのパジャマが穏やかな雰囲気の加納さんによく似合っている。でも、いつもの良かった探しの報告をする元気が今日はない。

「熱が出たときにお医者様から飲むように言われていたお薬を持ってきました。お水で、飲みましょう」

加納さんはゆっくりと頷いた。

高齢になると、どうしてもむせやすくなるので、加納さんもトロミのついた水を上体を起こして慎重に飲む。リウマチのため関節に負担がかからないように、コップは両手で持つ。お薬も、むせずに飲むことが出来た。

その後は、床ずれ方の皮膚の状況の観察、インスリン治療中や血糖降下薬を飲んでいる人の血糖値や最近の食事の摂取量をチェックしたりする。血圧がどうしても180以上になってしまう人も何人かいて、そんな人は入浴は中止にしなくてはならない。そうこうしているうちに、時間はあっという間に過ぎる。

一〇時にはレクリエーションが始まる。レクリエーションは、スタッフが季節に合ったものので、皆が楽しめるものを考えて行っている。

今回は辺見さんの自宅の庭に美しく咲いた紫陽花を花瓶に飾り、絵ハガキを皆で作ることを計画していた。

昨夜不穏だった近藤さんと一晩中起きていた柴田さん、発熱してしまった加納さん以外は皆参加出来た。

誰もが一生懸命に紫陽花を描いてゆく。そして、孫や娘にと一言をハガキの隅に書いたりしていた。字が書けない方には、スタッフがそっと手を添えて一緒に書いた。

脳梗塞の後遺症で右手が不自由なため、左手で書いているのは安藤たつさん。立体感があり、雨の中に凛と咲く清らかな紫陽花の絵があまりに美しく、声をかけた。

「綺麗な紫陽花が描けましたね」

「有り難う。青い紫陽花、一番好きなの。白や紫も綺麗だけどね」

安藤さんは、白髪のさらさらのショートカットに手をやりながらはにかんで答えてくれた。

「私もです。青の紫陽花って、雨の庭に一番よく似合いますよね」

「そう。雨に似合うお花って、貴重よね。他のお花は雨の日は基本的に元気がないでしょう」

安藤さんと同じことを感じていたなんて。なんだか嬉しくなってしまった。

「お孫さんに、プレゼントしますか?」

「これはね、加納さんにプレゼント」

「え?　加納節子さんに?」

私は、思わず聞き返した。

「ええ。今日は、加納さん、レクリエーションに体調が悪くて出られなかったでしょう。これはね、プレゼントなの」

安藤さんは、もう今日の朝食に何を食べたか、はっきりと分からないほど認知症が進んできていた。でも、花を美しいと思い、体調の悪い加納さんを思いやる心はしっかりと残っている。

そのことに、すごく感動した。

「安藤さん、きっと加納さん喜びますよ。後で、加納さんのお部屋にこのハガキお持ちしますね」

安藤さんはそっと頷いてくれた。

昼食は一二時にはみんなが食べられるようにするため、大忙しだ。栄養士や理学療法士も加わり、現在の食事の形態で良いか、途中で食事への注意が途切れて食べもので遊び始めている人がいないか、気をつけて見てゆく。勿論、皆の食事介助をしながら。食事を食べ終えると、今度はトイレの時間だ。施設のトイレの数は多くないので、どうしてもトイレの前に列が出来てしまう。

昨夜不穏だった近藤さんが介護士の佐藤さんにトイレの介助をされていたときだった。中野さんが、

「いったい、いつまで待ったらトイレに連れてってくれるの！」

と大きな声をあげた。介助をしていた佐藤さんの気が一瞬それてしまい、近藤さんは床に尻餅をついてしまった。

「近藤さん、大丈夫ですか？」

声をかけても、睡眠薬がやっと抜けきった顔でぼんやりとしている。臀部にあざはなく、立ったり歩いたりすることが普段と同じように出来た。すぐに、自宅の息子に電話をかけた。カルテを見ると、息子の元職業は教員。今は、定年退職後と書かれてあった。

「もしもし、近藤さんのお宅でしょうか。施設ハナミズキの看護師をしております佐竹と申します。本日午後一時にトイレ介助をしていたのですが、職員の不注意でお父様に尻餅をつ

かせてしまいました」

電話越しに、息子のため息が伝わってきた。

「父は、骨が弱くてね。骨粗鬆症の薬を飲んでいるんです。医師からも、くれぐれも転倒には注意するよう言われていたんですよ」

教員らしい、抑制のきいた口調だった。

「本当に申し訳ありません。特にあざもなく、立ったり歩いたりも普段通りで今のところ痛みの訴えはありません。今後同じことが起こらないよう、職員一同注意徹底して参ります」

「お願いしますよ。信頼して預けているんだから」

ガチャンと電話は切れてしまった。

ポンと佐藤さんが肩をたたいた。

「有り難う。電話してくれて。あの息子さん、お父さん思いだから機嫌悪かったでしょ？」

「はい。骨粗鬆症のこともあって、心配されていました」

佐藤さんは頷く。

「近藤さんて、昔は小学校の教頭先生まで勤めたんだって。それでね、家族も今の状況を受け入れきれてないこともあるのよ。昨日は息子さんが来て、近藤さんに難しい本を沢山持ってきてた。それを見た近藤さん、当然ながら内容分からないじゃない？　様子がどうもおかしくなって、挙げ句に夜徘徊って訳」

家族は、ずっと昔のままの姿でいて欲しいと思うのは当然だ。でも、施設では以前の姿とは全く違ってしまう人もいる。それを、どこまで説明していいんだろう。そんなことをじっくり考えるまもなく、胸のピッチが鳴った。

「はい、佐竹です」

「介護士の岡本です。２Ｂの上野富さんが、嘔吐しています」

「分かりました。すぐ、行きます」

駆けつけると、嘔吐をしてすっきりした顔の上野さんが車椅子にちょこんと座っていた。

「上野さん、大丈夫？」

上野さんはニコニコしている。上野さんは、もう嘔吐してしまったことを忘れてしまったのかも知れない。嘔吐物は片手盛りいっぱい程度。血液の混入はなく、今日の排便も下痢ではないことを確認した。

「上野さん、ちょっとお腹の診察をさせて下さいね」

そっと洋服をめくる。腸蠕動は正常で、圧痛もなかった。腹部の手術瘢痕はなし。

スタッフルームで電子カルテを確認すると、食道裂孔ヘルニアがあり、時に嘔吐するとも記載されていた。医師より、嘔吐時の吐き気止めの座薬が処方されている。岡本さんと一緒に上野さんにベッドに横になってもらうよう介助し、吐き気止めの座薬を挿入した。食道裂孔ヘルニアがあるのでなるべく食後上体を起こしておくこと、水分は少しずつ摂取して良いことを説明した。一時間後、再度様子を報告するよう岡本さんにお願いし、それまで経過観察することにした。

三時のおやつの準備をしていると、目に涙をいっぱいためた1Aの須藤美智子さんが話しかけてきた。

「もう、死にたいよ。長生きしすぎた。こんな所に置いていかれてしまってね」

だいたい、午後三時頃から夕方にかけて自宅へ帰りたいとそわそわしたり、泣き出したりする人が増えてくる。夕暮れ症候群ともいわれている。

「須藤さん、一緒におやつ食べましょう。今日は、須藤さんの好きなショートケーキです」

どうにか気分を変えようと、おやつに注意を向けてみる。

須藤さんにそっと差し出したショートケーキは、栄養士が皆の気分が上がるようフルーツが沢山添えてある特製品。

「須藤さん、見て下さい。バナナでしょ、イチゴもありますよ。これはキウイですね」

須藤さんはイヤイヤをするように頭を振った。

「家に帰らなくちゃ。智が一人じゃかわいそうだから」

須藤さんは、いつの間にか小さな智君を育てるお母さんの頃に戻ってしまっていた。

思わず須藤さんの小さな体を抱きしめてささやいた。

「須藤さん、智君は立派に大きくなりました。心配しないで大丈夫。今日は、私と一緒にここで過ごしましょう」

自宅にたどり着いても仕事のことがなかなか頭から離れず、シャワーを浴びて何とか気分をすっきりさせた。日記帳に、今日の出来事を記しながら、明日また起こるであろう数々のイベントを思い浮かべ、そっとため息をつく。ふと、安藤さんが描いた青い紫陽花の絵を描いてみたくなり、日記帳の横にこっそりと描いてみた。

「へたっぴ。絵心ないなぁ」

我ながら、ヘンテコな紫陽花の絵で恥ずかしくなってしまう。安藤さんが左手で描いたあの青い紫陽花を見た時の加納さんの笑顔を思い浮かべながら、いつの間にか眠ってしまった。

翌日は、月に一度の施設の回診があった。かかりつけ医は中川クリニックの中川秀典先生。医師になり四〇年目のベテラン先生は、真っ白な髪と優しい笑顔が印象的だ。初めての回診介助に緊張しながらのぞんだ。

ときどき夜間に近藤昌義さんが徘徊してしまうことを報告し、夕食後に毎日睡眠導入剤を内服してもらうことになった。入眠がすんなりゆけば、夜の徘徊を減らすことが出来るかも知れない。

ご家族が、現状を受容出来ていないことも相談してみた。

「勿論、以前のようにいろいろと理解したり、新しいことを覚えることは苦手になっているけれど若い頃のことは意外にはっきりと覚えているともあるんだよ。本人が一番輝いていた頃のことを、今度ご家族と話してもらったらいいよね。そして、その人らしさというものは、最後まで残るといわれているんだよ」

中川先生は、細い目を更に細めてニコニコと答えてくれた。

加納節子さんは検尿の指示があり、尿意がないときも時間を決めてこまめにトイレへ行くよう言われた。

一晩中起きてしまう柴田琴さんの番になった。中川先生は、丁寧に聴診したり、日々の様子を聞きながら優しく話しかける。

「柴田さん、今日も家族は仕事から帰ってくるのかい？」

柴田さんは真剣に答える。

「帰ってくる。今日もしっかり待っとるよ。会社勤めは気を遣って大変だから、心配だよ」

「柴田さんは、えらいなあ。立派な奥さんだねえ」

中川先生の朗らかな声がユニットに響いた。

柴田さんは、日中なるべく起きてもらうように生活のリズムをつけ、入眠前にお茶に混ぜて不安を取る薬を少量飲んでもらうことになった。

最後に、今この施設で一番重度の介護を要している鈴木ハツさんの回診があった。

ハツさんは八八歳。入所二年目になるが、多発性脳梗塞のため四肢麻痺でリクライニング車椅子しか乗れない。お話は出来ないが、首振りや頷きでかろうじて意思疎通が出来ることもあった。今までは、お粥と柔らかく煮てミキサーにかけたおかずを口から食べていたが、このところその量も減ってきて、むせが目立つようになってきた。トロミを調整したり、食事のときのポジショニングをいくら工夫しても、むせ込みは改善しない。今日は、この回診の後に胃瘻造設するかどうかについて、家族と中川先生、施設のスタッフで話し合うことになっていた。胃瘻造設とは、経口摂取が行えなくなった方などに、内視鏡を用いて、腹部の皮膚から胃までチューブを通し、その管から栄養剤を注入出来るようにする処置のことだ。

「鈴木さん、回診に来たよ。最近、ものが飲み込みにくいんだってね」

中川先生を見る鈴木さんの目がすごく嬉しそうだ。

「口の中を見せてね。舌は動かせる？」

鈴木さんは、口を自分から開けてくれた。舌は少ししか動かなかった。

「口の中はきれいだよ。ちゃんと唾液も飲み込めているんだね。今度は、ごっくんて、飲み込みをしてみてくれる？」

鈴木さんはゆっくり、ごっくんを二回した。

これは反復唾液嚥下テストというもので、嚥下機能をみるもの。三〇秒間に三回出来ないしゴックンも弱々しいものだったので、嚥下機能が落ちているという評価になってしまう。

でも、鈴木さんにとっては普段ここまで反応が良いことはめったにない。

中川先生は入所している人たちの最大限のパワーを引き出すので、中川マジックなんて言うスタッフもいた。

聴診の後、中川先生が鈴木さんに声をかけた。

「肺炎はなし。飲み込む力が少し落ちてしまっているようだね。食事が飲み込みにくい日は、ゼリーにしても良いかい？」

鈴木さんはゆっくりと頷いた。

そして、鈴木さんの家族の待つ控え室へ向かった。控え室には木で作られた横長の椅子に鈴木さんの息子と嫁がひっそりと座っていた。

「お待たせいたしました。こちらは施設で訪問診療をお願いしている中川先生です。私は、看護師の佐竹と申します。今日は担当のスタッフと一緒に同席させていただきます」

ご家族が会釈をした。

中川先生が説明を始めた。

「これまで、脳梗塞を繰り返していることもあり、徐々に介助量は増え、嚥下機能が低下してきています。今までは、飲み込みやすいように作られた食事をしっかりと取れていましたが、最近は摂取量が減ってむせることが出てきました。血液検査では、アルブミンという栄養状態の指標が徐々に低下してきています。

今の食事より飲み込みやすいゼリーを食べてもらうことや、口腔ケアの徹底など、やるべきことはやってみますが、今後どうしても経口摂取が困難となることも予想されます。その際は、希望のある方には転院の上、胃瘻を造設してもらっています。

胃瘻造設の希望のない方には鼻から胃までチューブを入れて、そのチューブから栄養剤を注入することも出来るのですが、ハナミズキではそのような方の受け入れはまだ出来ていません。

また、どんなに気をつけても栄養状態が悪く抵抗力が弱っている人は肺炎や腎盂腎炎などを起こしてしまうこともあります。施設でも抗生物質の点滴は可能ですが、ご家族の意向があれば入院施設のある病院に紹介することも出来ます」

息子が、小さな声で言った。

「胃瘻とか、侵襲的な処置は嫌だと本人が言っていました。食べられなくなったら、本人が苦痛のない程度に点滴で水分補給をしてもらえれば十分です。肺炎などを起こしたときは、施設で出来る範囲の治療をお願いします。また、病院に入院したりすると環境が変わりストレスになってしまうかも知れませんから」

「分かりました。胃瘻造設はせず、末梢の点滴で脱水や経口摂取が困難なときは対応します。肺炎などの際も、病状をご家族に報告しながら施設で出来る最善のことを行ってゆきたいと思います。勿論、経過でご家族の気持ちが変わることがあれば遠慮せず教えて下さい。今日も、回診では口を開けたり、唾をごっくんしたり一生懸命診察に協力して下さいました。不自由な体でも、懸命にこちらの気持ちに応えて下さっています」

「義母は、いつも一生懸命で手抜きの嫌いな人でしたから」

嫁がそっと、涙をぬぐっているのが分かった。

その後も家族は、徐々に首振りも食事も出来なくなっていった鈴木さんの枕元に昔の写真を持ってきて話しかけたり、鈴木さんの好きな歌を歌いながら体をさすってあげたりしていた。

なんだかとても温かな光景だった。ひまわりが太陽に向かって咲き始める頃、鈴木さんは家族に見守られながら、旅立っていった。それは、蠟燭の炎が消えるような自然な最後だった。

ある日、中野さんの部屋のテーブルの上に紫陽花の絵手紙を見つけた。ハガキいっぱいに紫の紫陽花が二つ描いてあり、隅に小さく〝有り難う〟という文字が書かれていた。

「中野さん、素敵な絵ハガキ作っていたんですね」

中野さんは気まずそうに下を向いて、

「息子に送りたいんだけどね」

と答えた。家族へは急変時以外連絡禁止というカルテの文字が浮かんだ。

答えに迷っている私を見て、中野さんはからかうように別のことを言った。

「あんた、前の病院でいろいろやらかしたんだって？」

スタッフの中には、夜勤のときなどに同僚の噂話をする人がいるから、中野さんに伝わってしまったんだろう。ほとんどの入所者は忘れてしまうけれど、中野さんのようにしっかりしている人の中には、けっこう職員のプライベートを詳しく知っていたりする人がいる。

「人を好きになるのは悪いことじゃないんだよ」

温かな声色に、驚いて中野さんの顔を見た。

中野さんは、なんだかニコニコと嬉しそうに見えた。

「私が産まれたのは、埼玉の本当に貧しい農家でね、土地も少ししかなかった。兄弟は七人いたけど、三人は小さい頃に結核やら栄養失調で亡くなったの。一八歳のときには口減らしっていうんだけど、もう家族が食べていけないから隣の村の農家の次男坊に嫁にいけって言われた。中野健次さんていう穏やかで働き者だっていう話だけで写真も見ずに結婚したの」

「写真も見ないで結婚なんて、信じられません」

目を丸くして言うと、

「そうでしょう。でも、田舎じゃ珍しいことではなかったの」

中野さんはため息をついて続けた。

「結婚したら畑仕事はあるし、義理の両親や健次さんの兄さん家族にも気を遣うし大変だったけど、麦入りのご飯が毎日食べられてね。嬉しかったな。

すぐ子供を妊娠したけど、喜ぶまもなく健次さんに召集令状が来たの。その頃は日本も戦況が厳しかったけど、天皇陛下のために国民は一致団結して闘うって教えこまれていたの。だから健次さんの両親も私も、名誉なことと言わなきゃいけなくてね。

でも、いよいよ明日家を出るというときに健次さんが言ったの。私と、これから産まれてくる赤ちゃんを傍で守ることが出来ず悔しいって。

そしてね、産まれてくる子がもし男の子だったら、拓也。女の子だったら、美恵子にして欲しいと言って、何度も私のお腹をさすってねえ。

拓也は、これから、どんなことがあっても道を切り開いていけるようにという意味、美恵子は、美しく多くを恵むことの出来る人にという意味と教えてくれた。男の人は泣かないと聞いていたけれど、健次さんは声をあげて泣いていたよねえ。きっと生きて帰ってくると信じていたけれど、沖縄に向かうというハガキを最後に、全く連絡がなくなった。出征して半年で、戦死の通知がきた。遺髪も何にもなかったよ」

「健次さんは、息子さんを一目見ることもなく亡くなったんですね」

「そう。本当にかわいそうだった。だけど、戦時中は近所の人に会うと、『おめでとうございます』と言われてね。『有り難うございます』と返事をしなくちゃならなかった。玄関には誉れの家という札が掛けられていたけれど、家の中では義理の両親が『健次が死んでしまったのに何が誉れか』と泣き暮らしていたの。

拓也は無事に産まれてきたけれど働き手は減るし、食料も少なくなる一方でしょう。そんな中、義理の両親にそれは辛く当たられてねえ。二人とも、健次さんが死んでしまったことへのやるせない気持ちをどこにもぶつけられなかったでしょう。嫁に当たるのは仕方なかったけどねえ。食事がまずいと茶碗を投げつけられたり、蹴られたりしたの。あんまり大変で母乳も出なくなってきてしまったから、仕方なく実家に戻ったの」

そこまで話して、しばらく中野さんは遠い昔を思い起こすように黙っていた。

「私も祖母から戦争中に食料がなくて苦労した話は繰り返し聞かされました。空腹が本当に辛かったって」

中野さんは頷いて、話を続けた。

「実家も貧しいのは一緒。もう米は食べられなくて、芋ばかり食べて拓也を大きくしたの。拓也が二歳のときにね、長野で旅館を経営している遠藤さんという人が住み込みの手伝いを探しているからと紹介されて、そこで拓也と二人住むことになった。そこの遠藤さん夫婦が優しい人だったの。奥さんは体が弱くて子供はいなかったけれどね。だから、他にも住み込みで仕事をしている人たちも生き生きと毎日働いていたんだよ。拓也は一緒に住み込みをしている家族の子供と遊ばせて、私は朝から晩まで働いた。仕事仲間の中では私が一番若かったのでね、奥さんの分も仕事をしている遠藤さんにくっついて、何でも手伝っていたんだよ。料理や掃除の基本も、そこで覚え直したの。貧しい農家育ちでしょう。だから、何かして褒められるという経験なんてなかったけれど遠藤さんはすぐ褒めてくれるんだよ。小さなことでも、お礼を言ってねえ。

拓也のことも気に入ってね、丈夫で利発な子だから養子にして旅館の跡を継がせてもらえないかって、拓也が七歳ぐらいの頃から何度も相談されていたの。健次さんを亡くしてから、親身に私たち親子のことを考えてくれる人に初めて会ったでしょう。

遠藤さんといるだけで、幸せな気持ちになってね。人を好きになるのはこんな気持ちなんかなあなんて、思うこともあった。ただ、それだけだったんだよねえ。

でもいつの間にか、仕事仲間や近所からあの二人はあやしいなんて言われるようになってね、いづらくなってしまったの。仕方なく拓也が一〇歳のときに埼玉に戻って来たの。

遠藤さんは三カ月に一度くらい埼玉に来て、拓也と遊んでくれたり、勉強を教えてくれたりしたの。お金も援助してくれてね。いつか、拓也が旅館を継ぐ気にならないか待っていてくれたみたいだった。

でも、私は知らなかったんだけど拓也は地元の人から、遠藤さんのことを誤解されて学校でずっと〝妾の子〟なんて言われてたんだって。それで、養子に行くの嫌がってね。拓也は私にも、本当のお父さんがかわいそうじゃないかと怒ってね。今も口をきいてくれないまま。一生懸命育てたのにねえ」

「妾の子なんて、ひどいですね。そんなことを言われたら、本当に傷つくと思う」

「母一人子一人の家に定期的に男の人が来るから、そんな風に見えたのかも知れないね。言った方は面白おかしく言っているだけなんだろうけど、言われた方はたまったもんじゃないよね。

拓也が一七歳のときに、自分は学問の道に進みたいってはっきり言ったのでね、遠藤さんもあきらめて埼玉に来なくなってしまった。そのときも、援助してくれていたお金を返そうとしたけれど、遠藤さんは『拓也の父親気分を味わえて幸せだった。お金は、そのお礼だから』と一切お金を受け取らなかったの。

それからは、本当に一人で生計を支えたの。いくつか仕事を掛け持ちしながら何とか拓也を大学まで行かせることが出来た。拓也も勿論、学生の頃からアルバイトを頑張ってくれたけどねえ。

埼玉に戻ったときに、すぐ遠藤さんと縁を切っていれば拓也にこんなに嫌われずにすんだかも知れないけどね。

健次さんとの約束と、遠藤さんの温かい思いやりを支えにして、何とか一人で立ってこれたんだよねえ。周りには気が強く見えるかも知れないけどね。

今までの人生あっという間に過ぎてしまった。だけど拓也と過ごした時間が一番の宝物。だから、そのハガキには有り難うと書いたのよ」

私は頷いた。

「厳しい時代に、本当にすごいことだと思います」

中野さんは遠くを見るような目をして言った。

「健次さんが死んだその年の八月には、広島と長崎に原爆が落ちてね、日本は無条件降伏した。難しい政治のことは分からないけれど、あと数カ月終戦が早かったら健次さんは死ななくてすんだんだよ。悔しくてね。戦争さえなかったらねえ」

その夜は、なかなか寝付くことが出来なかった。何度も、中野さんの「戦争さえなかったら」という言葉が重く胸に響いた。本当に、そうだ。戦争がなかったら、中野さんは家族仲良くきっと暮らせたのに。戦争は命を奪うだけでなくて、その周囲の人の人生まで大きく変えてしまう。戦争を始める人はいつも安全な場所にいて、戦争で真っ先に犠牲になるのは普通に暮らしている普通の人々。そして国を守るという言葉の元に戦争は始まって、一旦戦争が始まったら戦争をやめたいという自由は奪われてゆく。国のために、皆命を懸けて闘っているのにと。でも、国っていったい、何だろう。

私にとって、本当の勇気というのは国のために死ぬことではなくて、どんな状況でも自分は死にたくないし、誰のことも殺したくないと言うことだ。

今ある核兵器は広島や長崎に落とされた原爆の何千倍もの威力を持つようになり、核戦争の危機も高まっていると言われている。この時代に人間が生き抜くための知恵は、どうやったら見つけられるんだろう。

もしかしたら答えは、中野さんのように戦争の体験を語ってくれる人の話や、戦争で亡くなってしまった沢山の人の声の中にこそあるのかも知れない。私は、その答えを見つける努力を毎日惜しまないでいる人間でありたい。

中野さんも、周囲の人が拓也さんのことを〝妾の子〟なんて言わなければ、今のように他人に心を閉ざしてしまうこともなかったかも知れない。ちょっとした一言が家族を引き裂いてしまうこともある。中野さんは本当は強くて、優しい人なのに。

ちゃんと話をしなかったら、中野さんのことをいつまでも気が強くて意地悪な人と思い込んでいたかも知れない。

そう思って、愕然とした。自分はあれほど自分に貼られたラベルをうっとうしく思っていたのに、いつの間にか中野さんに貼られた〝自分勝手〟〝我が儘〟というラベルを通してしか中野さんのことを見られていなかったことに気づいた。

例えば、シングルマザーという言葉一つとっても、離婚でシングルマザーになる場合もあるし死別の場合もある。いろんな背景があるのに、一つのイメージだけでその人のことを決めつけるようなことはしちゃいけないんだな。これからは、もっと一つ一つの出会いを大切にしてラベルの向こうにある本当のところを見抜けるようになってゆきたい。

そう思いながら、眠りについたのは、空が明るくなり始めてからだった。

翌日、眠い目をこすりながら出勤したら、夜勤の岡本さんから中野さんが早朝脳出血で倒れ、脳神経外科病院に搬送されたと教えられた。一気に眠気は吹き飛んでしまった。あんなに元気にこれまでのことを話してくれたのに。これからもっと、中野さんと仲良くしたいと思っていたのに。中野さんの部屋に行くと荷物は全てなくなっていたけれど、紫陽花の絵ハガキが机の上にぽつんと置かれてあった。

仕事を終えてから、中野さんの息子の家へ向かった。カルテに書いてある住所を頼りに探し当てた家は、立派な門構えの広い敷地の家だった。よく手入れの行き届いた植木の傍の花壇には、色とりどりのコスモスが咲いていた。呼び鈴を鳴らすと、中から白いシャツを着た男性が出てきた。目元が中野さんにそっくりで、学者のような雰囲気がある。拓也さんだと一目で分かった。

「私、特別養護老人ホームハナミズキの看護師をしております佐竹と申します」

拓也さんは、急に不機嫌になったように見えた。

「母がお世話になりました。我が儘で、大変だったでしょう。高齢で認知症もあったと思いますしね」

私は首を振った。

「中野さんは、しっかりされていました。脳出血で搬送される前日、私に結婚したときのことから拓也さんを育て上げるまでのお話をして下さいました」

「多分、間違ってたところも多々あったと思いますよ」

拓也さんの固い表情は変わらない。

「間違っていたところがあったかも知れません。でも、中野さんがまっすぐ自分の心に正直に生きてきて、拓也さんのことを誰よりも大切に育てたということは分かりました。拓也さんと過ごした時間が、中野さんの人生の一番の宝物だと言っていました。だから、有り難うと伝えたいと」

拓也さんが驚いたような表情をしたのが分かった。

「このハガキ、今年の六月に中野さんが拓也さんにあてて書いたものです」

ハガキを渡すと、そっと一礼して玄関を出た。

庭のコスモスが優しく揺れて、まるで中野さんが笑っているように感じた。

その一週間後、脳神経外科病院から中野さんが意識が戻らぬまま亡くなったと、施設に連絡があった。

金木犀の香る頃、実家に帰った。

父を探すと離れで胡瓜の箱詰めをしているところだった。白髪の増えた父が急に小さく見えた。

「父さん、ただいま」

「真理、帰ってくるなら電話いれればいいのに。今晩、何のご馳走もないぞ」

父は大げさに顔をしかめてみせた。

「いいの。いいの。父さんや、母さんの顔見るだけで安心するから。今日は、胡瓜使って、お父さんの大好きなお酒のつまみ作るね」

父は嬉しそうに、

「もう、今日は仕事おしまい」

と言って、箱を持ち上げた。途端に、父の顔がゆがむ。腰が痛いのだろう。私は、そっと父の背をさすった。

「お父さん、私、男の子だったら良かったね」

父は優しく私を見た。

「おいおい。俺は一度もそんなことを思ったことないぞ。真理や真紀がいてくれるから、頑張って仕事をやる気になるんだ。慎重すぎる真理と、やんちゃすぎる真紀のことを心配するのが俺の生きがい。覚えておけよ」

「でも、父さんの仕事、ちゃんと手伝えなくて」

「父さんも母さんも、子供には自由に生きて欲しいと思っているよ。もう、父さんの時代と一緒じゃない。子供が親の職業気にして不自由な生き方になったら、そんな悲しいことないぞ。さあ、家に戻ろう」

父と二人で家に入ると、庭からラッシーが駆けてきてペロペロと顔をなめた。真紀はさっそく口をとがらせて、

「二人で、いっつも仲良くして私だけ仲間はずれ。姉さんは、色白で目が大きいところも、鼻筋が通っているところも父さんそっくり。似たもの同士で気が合うんでしょ」

と言った。

「真紀には、可愛いえくぼがあるでしょう。今日は、一緒に、父さんのつまみ作ろう」

ふくれながら、真紀も一緒に料理を作ってくれた。

胡瓜は、サラダや浅漬けだけじゃなくて、スープや炒めものに入れても意外に美味しい。子供の頃から、ちょっと傷がついてしまったけれど新鮮な胡瓜を沢山食べて育ってきた。真紀が胡瓜のナムルを作り、私は胡瓜と鶏肉の甘酢炒めを作った。賑やかな食事の後、二階の部屋に行くと、真紀が照れくさそうに声を掛けてきた。

「お姉ちゃん、これ誕生日プレゼント。先週、誕生日だったでしょ」

これまで、真紀から誕生日プレゼントなんてもらったことがなかったのでびっくりした。可愛らしい小さな箱をドキドキしながら開けてみると、四つ葉のクローバーの形をしたピアスが出てきた。

「有り難う。すっごく可愛い。沢山、幸せが見つかりそう」

さっそく、ピアスをつけてみる。

「わあ！　お姉ちゃん綺麗！　お姉ちゃん、早くホントの元気になってね」

「うん。真紀のおかげで、ぐーんとホントの元気に近づけた」

「良かったあ」

真紀はいつまでたっても幼く見えていたのに、なんだかすごく頼もしく感じた。


赤く染まったもみじが風に舞い、日一日と風は冷たくなった。気がつけば鉢植えのポインセチアを売る店も見かけるようになった。

一日の寒暖の差が大きくなると、ハナミズキの入所者はどうしても体調を崩しがちになる。

近藤昌義さんは、肺炎のため近所の総合病院へ入院になった。関節リウマチの加納節子さんも、飲み薬の抗生物質が効かず点滴の抗生剤に切り替わっていた。

「おはようございます。お加減はいかがですか?」

声をかけると、熱のため頬の赤い顔で精いっぱいの笑顔を返してくれた。

「おはよう。今日は、まだ調子が悪くてね。食事もあまり食べられなかった」

今朝の加納さんの食事摂取量は二割だった。

「一〇時頃、冷たいゼリーをお持ちしましょうか?」

「有り難う。ゼリーなら食べられるかも。私みたいに、迷惑ばかりかけている人いないよねえ」

加納さんはしょんぼりとしていた。

「加納さんは、どんなときも笑顔でしょう。いつも、良かったことを探して報告して下さるから、私も元気が出ます。迷惑なんかじゃ全然ないので、何かあったら遠慮せず声をかけて下さいね」

それでも寂しそうな顔をしている加納さんを残し、部屋を出るのは辛かった。

病気のときの寂しさや不安には、本当は家族が一番の薬なのかも知れない。でも、家族には家族の生活があるから、加納さんとふれあう時間も十分には作れない。

一〇時になり、加納さんにオレンジゼリーを持って行くと、全部食べることが出来た。熱も下がり、元気が出てきた。

「今日の良かった見つけたわ。朝食があまり食べられなかったせいで、こんなに美味しいオレンジゼリーを食べられた」

いたずらっ子のような顔をして、加納さんが言った。

そのとき、ピッチが鳴った。

介護士の岡本さんだった。

「レクリエーションで皆散歩に出るから付き添いをお願いします」

「はい。分かりました」

走って岡本さんのところに行くと、

「加納さんて、話が長いでしょ。仕事にならないから、呼んであげたの」

とペロリと舌を出した。仕方なく笑ってみせて、須藤さんの車椅子を押した。私にとって、加納さんの話が長くて仕事の支障になると感じたことなんてなかったな。人の感じ方って、全然違うんだな。

須藤さんが話しかけてきた。

「智が学校から帰って来たときにお腹がすいているから、何か作ってやらないとね」

「そうですね。何を作りましょうか」

須藤さんのチェックのマフラーについた赤いもみじをそっと取りながら聞いてみる。

「ジャガイモをふかすか、カボチャの塩煮にしようかな」

「わあ、美味しそうですね」

須藤さんの話に耳を傾けながら周りを見ると、青空の下、皆がそれぞれの世界で外の景色を楽しんでいた。黄色や赤に紅葉した山々はそっと私たちを見守っていた。

第五章　一人きりのクリスマスそして、さようなら加納さん

クリスマスは、職員が全員サンタクロースの格好をして、クリスマスツリーに沢山飾り付けをした。

皆でクリスマスソングを歌い、プレゼント交換をした。クリスマスプレゼントは、職員が手作りしたものをてっちゃんが一人一人に手渡しした。お婆ちゃんたちが皆、てっちゃんと握手をしたがるので予想外に時間がかかった。

ケーキは、栄養士が中川先生と相談しながら、糖尿病の患者さんや嚥下機能の悪い人には別に用意するなどして皆が食べられるように配慮した。

せっかくの楽しいクリスマス会も、加納さんは熱が出て出席出来なかった。

加納さんの部屋へ行くと、加納さんは窓から見える外の景色をぼんやりと眺めていた。ラジオからは小さくクリスマスソングが流れていた。

「加納さん、クリスマスケーキ持ってきました」

最近、むせ込みも見られ始めたので正確にはプリンアラモードなのだが、とっても喜んでくれた。上体を起こし、関節に負担がかからないよう使っている太い柄のスプーンで、ひとさじひとさじゆっくりと口に入れる。しっかりと、自分で食べきることが出来た。

「私は、いつも役立たずのやっかいものね。でも、今日はこんな美味しいものが食べられたし、関節もあまり痛まないの。サンタクロースからのプレゼントかな」

「きっとそうですよ。素敵なプレゼント、届きましたね」

少しでも、加納さんの体調が良くなるよう、神様に祈らずにはいられなかった。

大きなイベントを終え休憩室に戻ると、てっちゃんが一人でサンタクロースの格好のままテレビを見ていた。どんな格好をしても爽やかで華がある。

「てっちゃん、お疲れ様。加納さんもケーキしっかり食べられました」

と声をかけた。

「良かった、いろいろと有り難う。真理ちゃんが働くようになってからすごく楽になったよ」

と言って、にっこり笑ってくれた。

「今日は、自宅でもクリスマスパーティー?」

何気なく聞いたのに、てっちゃんの表情が曇ったので、しまったと思った。てっちゃんは見つめられると吸い込まれそうな深く黒い瞳を伏せると力なく首を振って、

「この前、僕の両親にアキラと家族になりたいって言ったら、猛反対されてさ。法律で認められていないから、親としても認められないって。アキラ、ショック受けて実家に帰っちゃった。今、一緒に住んでいないんだ」

と言った。

「そうだったの。ごめんなさい。知らなくて。私は、てっちゃんとアキラさん素敵なカップルだと思ってるよ。同性でも、異性でも好きな人に出会えるのは、すごい奇跡だよね」

「そうでしょ。地球上に七〇億人以上の人がいて、そのうちたった一人のかけがえのない人に会えるのって、奇跡だよね。海外だと、もう少し同性同士のカップルに理解があるみたいなのにな」

てっちゃんの悲しそうな声に胸が詰まった。

「日本人は、和をもって尊しとなすっていう意識が強すぎるのね、きっと。多数決が大好きだし同調圧力が強くて、違いをなかなか許容出来ない。でも、少数意見やマイナーな人たちを大事にしてゆかないと、すごく窮屈な社会になる気がする。同じように見えて、少しずつ

皆違いがあると思う。その違いこそ、実はすごく大事なものなんじゃないかな。私は、てっちゃんとアキラさんをどんなことがあっても応援するよ」

てっちゃんは微笑んで鞄から、手作りのカップケーキを出すと私の手にのせてくれた。

「真理ちゃんもいつか、奇跡の出会いがあるといいね」

「有り難う。でも、私、失恋からまだ立ち直ってないんだ。てっちゃんも、噂聞いたでしょう?」

本当は、去年彼と一緒に過ごしたクリスマスを思い出し、今日一日胸が苦しかった。

「真理ちゃんが裏切った訳じゃないんだよね?」

「うん。そうだけどね」

「じゃあ、胸張っていていいと思うよ。まっすぐに人を好きになれるなんて、強くてかっこいいじゃん」

そう言って、てっちゃんは世界一素敵なウインクをして休憩室を出て行った。

その夜は、一人ぼっちのクリスマスを温かい紅茶とてっちゃんお手製のカップケーキでお祝いした。寂しい気持ちは勿論あったけれど、以前より確実に元気になってきている自分を感じていた。

お正月前に、加納さんの長女へ中川先生から病状説明があった。

長女は、食堂を家族で営んでいるのでなかなか面会にも来られていない。最近、特に調子の悪い加納さんのことをしっかりと伝えることが必要だった。一通りの自己紹介を行い、中川先生が病状説明を始めた。

「もともと関節リウマチによる、全身の関節変形に加え、腎臓や肺の機能低下を認めます。神経因性膀胱があり、泌尿器科にも相談しながら加療していますが、尿路感染を繰り返し、最近は抗生物質が効きにくくなってきました。また、体力や嚥下機能も低下してきています。胃瘻造設の有無や、感染症が重症化したときに病院に入院するかどうか、そろそろ検討する必要があります」

長女は頷きながら聞いていたが、目に涙をいっぱいためて答えた。

「母は、若い頃からこれまで、ずっと病と闘ってきました。本当は、体が辛いはずなのに、一度も周囲に当たったこともなくて」

長女は、涙をハンカチで拭いてからこう言った。

「母はもう十分頑張ってきたんです。それは、家族が一番分かっています。本人も、これ以上痛いのは嫌だと言っていました。胃瘻はしないで下さい。感染症が重症化したときも、出来る範囲のことをこの施設でしていただければそれで十分です」

年が明けると、更に加納さんの体調は悪化し、食事が取れなくて点滴をする日が増えた。会話もほとんど出来なくなり、それでも、声をかけると優しい笑顔が返ってきた。家族は、忙しい仕事の合間をぬって加納さんのお見舞いにきた。長女は、変形した加納さんの手をさすりながら、優しく話しかけていた。でも、加納さんが返事を返せることはほとんどなくなっていった。二月のある寒い夜に加納さんは亡くなった。病気との長い闘いを終えた加納さんは、安らかに眠っているような顔で旅立っていった。

病院に勤めている頃は胃瘻造設目的の入院の人や、胃瘻が既に造設されていて肺炎を併発したりした人の担当もしたことがあった。胃瘻造設後も経口摂取の練習は出来るし、リハビリで再び十分な量を経口摂取出来るようになり胃瘻を必要としなくなった人もいた。胃瘻を造設すれば栄養状態も改善し点滴が必要なくなるなどのメリットもあるし、神経の難病では胃瘻造設によりＱＯＬ（Quality of life）が向上することもある。

いざというときに造設するかどうかの判断をするのは本当に難しいと思う。家族の間で意見が割れてしまうことだってある。でも、どんな結論にしても出来るだけ話し合って家族と本人が後悔のないように過ごせることが大事なのかも知れない。

中野さん、加納さんと大好きだった人を続けて亡くし、心にぽっかりと穴が開いたような寂しさを感じていた。

施設で働くということは、こんな風にさよならにも慣れなければいけないことなんだなと身にしみて分かった。ハナミズキに入所している人は皆少しずつ、少しずつ弱っていってしまう。どんなに頑張っても、年齢を重ね沢山の病気を抱えた人を完全に治すことは出来ない。でも、なるべく今自分で出来ていることを続けられるように環境を整えてゆくこと、そして人生最後の時を少しでも楽しく過ごしてもらえるように工夫することが、私がハナミズキで出来ることなんだと思った。

第六章　再出発

中野さん、加納さんのいなくなった部屋には、また新しい入所者が入ってきた。クリスチャンの沢田すみ子さん七六歳と、入所するなりハナミズキ最高齢の座についた九八歳の関口絹子さん。

沢田すみ子さんの部屋には、聖句が飾ってあった。

〝わたしの目には、あなたは高価で尊い。わたしはあなたを愛している。イザヤ書43・4〟

その聖句の傍には幼いイエス・キリストを抱くマリア様の像があった。

毎日のように面会時間には皺一つないワイシャツを着たご主人が来て、車椅子で散歩に連れ出したり一緒にテレビを見ていたりしていた。脳梗塞の既往がある沢田さんは、簡単な会話は出来るものの食事や着替え、車椅子の乗り移りにも介助が必要だった。ハナミズキに入所する前までは介護保険を利用してご主人と二人暮らしをしていたが、ご主人が心臓を悪くしたのを契機に入所された。

「お二人とも、仲が良くていいですね」

と声をかけると、白いハンカチで沢田さんのよだれを丁寧にぬぐっていたご主人がにっこり笑って、

「夫婦二人きりですから」

と言った。家族であっても、鼻水やよだれが出てしまっていたり、トイレの失敗があると職員に任せきりで手伝おうとしない人も多い。でも、すみ子さんのご主人はそんな場面でも全く嫌な顔をせず積極的に介助をしていた。

ご主人は、二人とも若い頃結核で長く療養し体が弱かったこと、結婚してから授かった子供は生まれてすぐ亡くなってしまったこと、すみ子さんは主婦として家計を切り盛りしながら公務員のご主人を支えたことを話してくれた。

「すみ子は子供が好きだったんですよ。クリスマスには、自宅で子供クリスマスというのを毎年して、近所の子供を集めては賛美歌を歌ったりゲームをしたりと賑やかに過ごしました。

いつも笑顔を絶やさなかったけれど、すみ子の人生の中でも、生まれたばかりの子供を亡くしたり、長く大病で臥していたりと絶望して叫び出したくなるようなことも沢山あったん

です。でも、どんなに辛い時期も聖書の言葉を守り、希望を持って私に寄り添ってくれました。そんなすみ子を私は尊敬しているんです。だから、どんな状況になってもすみ子は私にとって、この聖句にあるように高価で尊い存在なんです」

仲の良い家族は沢山見てきたけれど、沢田さん夫婦は不思議な清らかさで満ちていた。そして、どんな状況になってもすみ子さんの価値は変わらないと言ったご主人の言葉を思い出すたびに、胸が熱くなった。

沢田さんの部屋に行くといつも、私は聖句を見た。

彼にポイ捨てにされた自分、繰り返し言われないと分からないと笑われている自分、ゆっくり話してもらわないと理解出来ないと蔑まれている自分も神様からみれば高価で尊い存在ですか？　勿論、その聖句から答えは聞こえてこなかったけれど、その聖句を見た後はなんだか安心して仕事に集中することが出来た。

ハナミズキの最高齢となった関口絹子さんはとってもオシャレな人だった。朝、ピンクのリップを塗って髪をリボンでまとめると、一日ご機嫌で過ごしてくれた。

「絹子さん、お肌すべすべですね。一〇歳くらい若く見えます」

「有り難う。嬉しいねえ」

うきうきと鏡をのぞき込む関口さんはとってもチャーミングだった。

前の病院でいろいろなラベルを貼られ傷ついた私を救ってくれたのは、施設に入所している高齢の人たちで、中でも認知症や重度介護が必要な人たちだった。認知症の人は、最近の記憶をなくしてゆく不安の中にあっても他の人を思いやる気持ちはしっかりと持ち続けていた。分かりにくくなっている部分もあるけれど、ちゃんとその人らしさは残っていた。そして、飾らないあるがままの姿で、あるがままの私を受け止めてくれた。重度介護を要する人も、私を必要としてくれた。ちょっとしたお手伝いにも手を合わせて感謝の気持ちを伝えてくれた。必要とされて初めて、看護師として自信が出たし仕事の張りになった。

そんな日々の中で、私は徐々にまた前を向けるようになった。悪口を言われても、自分で自分の傷に包帯を巻いてゆける強さを身につけていった。

投げ出していた英語の勉強も再開した。読み進めていた英語で書かれた小説を再び読み始めた。以前なら彼に聞けたのにと思う瞬間もあったけれど、自分の力で調べて自分で学ぶことを覚え、それも自信になっていった。小さな一歩であっても、誰にも頼らず自分の力で踏み出すことの喜びを感じ始めていた。

水仙が咲き、フリージアの甘い香りに春の訪れを感じ始めた。お守りのように首に巻いていたマフラーをいつの間にかしなくなり、分厚いコートから薄手のジャケットで出勤出来る日も増えた。

そんなある日、ポストの中に涼君の手紙を見つけた。夢じゃありませんように。震える手で、封筒を開けるとそこには、癖のある四角い文字が真っ白い便箋に並んでいて、懐かしさに胸がいっぱいになった。


厳しい寒さの中にも、春の訪れを感じる頃となりました。

仕事は忙しいと思いますが、風邪などひいていませんか。

君と連絡を取らなくなって、もう少しで一年になります。

この手紙を出すこと自体自分勝手で、破り捨てられて当然と思いながら、万一でも君が読んでくれたらという思いを消すことが出来ず、こうして書いています。

僕は、君と初めて会った日を忘れることが出来ません。内科南病棟に赴任になった最初の日、病棟で僕は君を見かけました。長い髪をきりりと一つにまとめ、患者さんに優しく話しかけながらきびきびと働く君は一目で僕の心を捉えました。

研修医の僕にとって、もう仕事の経験も十分ありテキパキと仕事をこなしてゆく君はまぶしくて、声をかけることも出来ませんでした。夜勤の君にコーヒーを差し入れるのが精いっぱい。なので、一緒に夕ご飯を食べられて、君と休日に会う約束が出来たときは本当に嬉しかった。そして、君から告白されたときは天にも昇る気持ちでした。

人一倍臆病で不器用な僕は、女性といるとどうしても強がってしまって、本当のことを言えなくなってしまうのですが、君は何もかもを受け入れてくれる気がして、ただ一緒にいることが本当に幸せでした。

でも、僕は一つだけ重要なことを君に伝えていませんでした。

僕には、四歳年下の幼なじみがいて、両親も公認の仲だったのです。彼女は、大学も一緒で本当に腐れ縁から付き合ったという感じでした。両方の親も、勿論顔見知りでした。なので当然付き合ってからは、医師になって一人前になったら結婚することをすめられていました。

そんな彼女がありながら、僕は心を君に完全に奪われてしまいました。そして、異動後に彼女にきちんと君への思いを伝え、別れてから改めて君を僕の両親に紹介しようと思っていました。

僕はそんなずるい男だったのです。

異動してすぐ、僕は彼女と二人で話す時間を持ちました。でも、そのとき彼女は泣きながら再生不良性貧血と診断されたと僕に言いました。そのときの僕の気持ちを伝える言葉を僕は持ちません。結局僕は、呆然とするばかりで何も君のことを言えませんでした。僕には、どうしても彼女を一人にすることは出来なかったのです。今後、彼女は皮膚科を専攻し、体調をみながら徐々に出来る範囲で医師を続けてゆきたいと希望しています。僕も、出来る限り全力で支えます。

以前本で読んだ、心に残った言葉です。

好きというのは感情で、愛は意志であると。

愛が意志であるならば、僕はこれから一生を懸けて彼女を愛してゆきます。

君といた時間は、僕にとってかけがえのない大切な時間でした。

君は僕が恋に落ちた最初で最後の人です。どうぞ、これからどんなことがあってもその輝きを失うことなく、君らしく生きていって下さい。

四月には、僕は彼女と栃木へ帰ることが決まりました。

本当は、これまで何度もこのアパートの前に来て君に直接渡そうと待っていました。でも、君と言葉を交わしてしまったら、また将来のことへの決意が揺らいでしまいそうな自分がいます。なので、直接手渡すのはやめました。

まあちゃん、本当に有り難う。

まあちゃんと過ごした日々を力に、僕はこれから頑張って生きてゆきます。そしてずっと、まあちゃんの幸せを誰よりも願っています。

さようなら。

田中涼真

その夜、窓の外は厚い雲に覆われていたけれど私には、その雲の上にある星々が瞬いているのがはっきりと見えた。

涼君が、彼女と生きてゆくことを選んだのは、勿論寂しかった。でも、涼君が病気の彼女を放っておけない人だったからこそ、私は涼君を好きになったんだということも分かっていた。彼を好きになったことを後悔していたけれど、手紙を読んで初めて彼と過ごした日々がかけがえのない日々に変わっていった。そして、今までの辛かったことも全て受け入れられるような気がした。

その夜は、彼からの手紙を抱きしめて眠った。


翌日は、どこまでも続く、まるでグラス越しに見えるクリームソーダのような青い空にやわらかな春の陽が差していた。

ハナミズキのロッカーではまた、私の噂話をしていた。

「真理ちゃんの元彼、四月には地元に彼女と帰って結婚するんだってね」

「そうなんだ。かわいそうに。真理ちゃん、知ってるの？」

「知らないいんじゃない。知っても、仕方ないじゃない。真理ちゃんも、早く次の男見つけて見返してやれば、いいんだよ」

もしかしたら、わざと聞かせたくて言っているのかも知れないなと寂しく思いながら、静かにロッカーの扉を閉めた。大丈夫。私はもう、自分の心に自分で包帯を巻くことが出来る。どんなことがあっても、前を向いてゆこう。

スタッフルームでは、疲れた顔で夜勤最強コンビの辺見さん、香山さんがコーヒーを飲んでいるのが見えた。
さあ、今日も忙しい一日が始まる。
窓の外にはウサギの形をした雲がふんわりと浮かんでいた。

あとがき

病院に勤めながら、週に一度特別養護老人ホームに訪問診療に行っていました。そのときに出会った入所者の方々に心が癒やされ、支えられたので、その経験をもとにこの物語を作りました。

でも、週に一度の勤務では十分に捉えられていないところが沢山あったと思います。この物語の特別養護老人ホーム・ハナミズキの様子は、あくまで私が経験したものを投影したものです。

この施設に入所している方々は記憶をなくしかけている人も多く、日常生活には介助を要しています。でも傷ついた真理のことを優しく受け止め、立ち直る力を与えているということが伝われば、本当に嬉しく思います。

この物語は私のパソコンの中で永遠に眠っているはずのものでした。物語を目覚めさせ出版の機会を与えて下さった文芸社の川邊朋代さんと、素晴らしい絵を提供して下さいました水野瑞月さんに深謝申し上げます。

二〇二二年　爽やかな秋風の吹く日に

黒木綾奈

著者プロフィール

黒木 綾奈（くろき あやな）

愛知県生まれ。医師。

特別養護老人ホームの訪問診療の経験をもとに本作品を執筆。

カバーイラスト：水野 瑞月（みずの みずき）

東京で生まれ、熊本で育ち、2014年まで熊本で生活していました。

家庭の都合により2015年 5 月に上京。

東京でデザイン業務をしたら過労で倒れ鬱病に。色々精神科で調べていくうちに、自閉症スペクトラム、知的ボーダーが発覚しました。

現在A型作業所の「デザイン部」で仕事をしています。

下記サイトはポートフォリオになります。

https://mizuki-mizuno.amebaownd.com/

本文引用聖句：聖書 新改訳2017©2017新日本聖書刊行会

星瞬くとき

2023年 1 月15日　初版第 1 刷発行

著　者　黒木 綾奈
発行者　瓜谷 綱延
発行所　株式会社文芸社
〒160-0022 東京都新宿区新宿1－10－1
電話 03-5369-3060（代表）
03-5369-2299（販売）

印刷所　株式会社フクイン

ISBN978-4-286-27062-3